Domineert Susan 3
Extreme BDSM

Domineert Susan 3 Vol. 2

Erika Sanders

ERIKA SANDERS

Domineert Susan 3
Extreme BDSM
(Erotische Overheersing)
Van
Erika Sanders
serie
Domineert Susan 3 Vol. 2

@ Erika Sanders, 2024
Omslagfoto: @ Raff Tatee - pixabay, 2024
Eerste editie: 2024
Alle rechten voorbehouden. De gehele of gedeeltelijke reproductie van het werk is verboden zonder de uitdrukkelijke toestemming van de auteursrechthebbende.

Samenvatting

Susan wordt geconfronteerd met veel van de meest extreme elementen in de BDSM-levensstijl...

Extreme BDSM (Erotische Overheersing) is een roman met een sterke erotische BDSM-component en opnieuw een nieuwe roman uit de Erotic Domination Collection, een romanreeks met een hoogromantische en erotische BDSM-component.

Het maakt ook deel uit van de **Domineert Susan 3**-serie, die de avonturen vertelt van Susan, het alter ego van de schrijfster, in haar facet van onderwerping.

Opmerking voor de auteur:

Erika Sanders is een internationaal bekende schrijfster, vertaald in meer dan twintig talen, die haar meest erotische geschriften, ver van haar gebruikelijke proza, signeert met haar meisjesnaam.

Inhoudsopgave:

DOMINEERT SUSAN 3
EXTREME BDSM
(EROTISCHE OVERHEERSING)
ERIKA SANDERS

'Stop' schreeuwde Susan, en ze hoorde het metaalachtige geluid van het mes dat op de grond viel door de paniekerige mist in haar hersenen. Sire begon onmiddellijk de strakke beperkingen los te maken die haar aan zijn genade vasthielden en nam het snikkende meisje in zijn armen. Hij tilde haar op en ging in een extra grote leren fauteuil zitten, terwijl hij haar als een kind wiegde terwijl ze kalmeerde.

Ze hadden de afgelopen dagen samen haar grenzen verlegd en haar grenzen zowel hard als zacht op een rij gezet. Susan begon te accepteren dat geen enkele andere dominante haar zo goed zou kennen als Robert, die haar bijna haar hele leven had gekend. Ze was ook tot het besef gekomen dat ze, ondanks haar liefde en vertrouwen voor de twee mannen die als haar voogden optraden toen ze een contract aanvaardde, ook al was het maar voor een korte termijn, zoals bij Sire deze week, haar grenzen moest kennen en kunnen uiten. Hoewel Robert haar de keuze had gegeven om bij hem te blijven of niet, had hij vrijwel al het andere in haar leven onder controle, en ze had er nooit aan gedacht hem ongehoorzaam te zijn, vooral omdat hij duidelijk had gemaakt dat het niet echt een optie was.

Sire had haar hard onder druk gezet en Susan was zowel mentaal als fysiek uitgeput na de eerste drie dagen onder de hoede van Sire. Ze merkte in haar uitputting dat ze, ook al voelde ze zich veilig in zijn armen terwijl ze zaten, en dat ze de adrenalinestoot die haar angst door haar aderen had veroorzaakt, niet kon stoppen met huilen.

Sire was stil gebleven terwijl hij haar vasthield, in het besef dat hij eindelijk de muur van Roberts eigendom had doorbroken. De afgelopen dagen was hij hard en wreed geweest in zijn poging haar te laten beseffen dat er nooit meer een Robert zou zijn, die haar zo goed kende en zoveel van haar hield dat hij haar knikken en afkeer niet hoefde te onderzoeken zoals anderen dat zouden doen. moet. Opnieuw vervloekte hij Robert in stilte omdat hij dit facet van de levensstijl niet echt aan de mooie jonge vrouw had uitgelegd. In werkelijkheid waren veel van de dingen die hij haar had laten doorstaan ook niet zijn specifieke smaak van kinky, maar ze moest weten hoe ver sommige mannen zouden gaan op de duistere paden van overdaad en overtreding.

Toen er eindelijk geen tranen meer kwamen, keek ze met glinsterende ogen naar Sire en zei zachtjes: 'Niemand zou mij echt onherstelbaar beschadigen, toch ? Ik bedoel,' ze slikte, 'Waarom zou iemand...'

'Voor veel dominanten,' zei Sire even vriendelijk, 'zit de spanning in die machtsuitwisseling; hoe meer je geeft, hoe meer ze willen. Als je niet dapper genoeg bent om grenzen te stellen en een stopwoord te gebruiken, Het kan zijn dat je permanente schade oploopt, niet alleen aan je lichaam, maar ook aan je geest." Hij bracht haar gezicht naar het zijne terwijl hij nogmaals uitlegde waarom hij haar zo hard pushte om haar eigen grenzen van uithoudingsvermogen te kennen. "Er zal nooit een andere Robert zijn, die de tijd en de wil had om je zo goed te kennen voordat je de zijne werd. De andere dominanten die je zult ontmoeten op deze reis die je zo graag wilde maken, zullen niets over je weten behalve wat hen wordt verteld in korte discussies en hun kennis van hoe Robert was." Hij grijnsde toen hij zag hoe haar lip tussen haar tanden bekneld raakte terwijl ze nadacht over wat hij zei. "Iedereen in de club en zelfs de buitenste kringen van onze levensstijl wisten dat hij een sadistische, controlerende klootzak was en zouden aannemen dat je iets speciaals zou moeten zijn om zijn halsband te bemachtigen, en niet alleen maar de gewone masochistische slavin..."

'Ik was geen erg goede slaaf voor hem,' Susan keek met betraande ogen op naar de kolossale man die haar zo voorzichtig in zijn armen hield. 'Ik heb zoveel fouten gemaakt en ben weggelopen en...' haar stem stokte in haar keel toen het schuldgevoel opnieuw in haar opkwam. Als ze niet zo kinderachtig was geweest, zou Robert haar überhaupt nooit naar Italië hebben gebracht. 'Ik was er gewoon niet zo goed in om te zijn wat hij wilde,' eindigde ze droevig terwijl Sire zweeg. "Ik had gewoon meer tijd nodig, ik had beter kunnen zijn, ik wilde beter zijn, hij zou me alles hebben geleerd wat ik moest weten, nu is het gewoon..." ze haalde haar schouders op, en de tranen kwamen weer.

Sire bleef haar rustig vasthouden. Haar schuldgevoel en de woede die eraan vooraf waren gegaan toen hij haar voor het eerst ontmoette, bevonden zich in de laatste fase van rouw voordat ze acceptatie en hoop voor de toekomst vond, hoewel hij die hoop van tijd tot tijd kon zien doorsijpelen. ze vertelde over haar plannen na haar week in zijn gezelschap. Hij was verrast toen hij ontdekte dat hij, ondanks dat hij Robert het grootste deel van haar leven kende; ze waren nog maar een maand of zo als koppel samen. Het verbaasde hem dat ze zoveel liefde en toewijding voor Robert voelde en hij had zich verwonderd over haar verlangen om zonder hem een weg terug naar het leven te beginnen. Nadat hij zich de afgelopen drie dagen echter diep had verdiept in de motivaties van de jonge vrouw, begreep hij nu de wens van het nog steeds rouwende meisje om opnieuw te voelen en te proberen de lege, donkere leegte te blokkeren die zijn afwezigheid in haar leven had gecreëerd.

'Ik kan nog steeds de dingen doen die hij wilde,' zei ze weer rustig, 'ik kan meer leren en meer doen zoals hij van plan was,' ze haalde diep adem en ging rechtop zitten, 'ik kan nog steeds het meisje zijn dat hij voor me wilde. Met jouw hulp en de anderen,' glimlachte ze scheef, 'heb ik nog steeds de kans om hem trots op mij te maken.'

'Robert is weg, Susan, je moet dit doen omdat jij het wilt, niet omdat Robert het wilde.' Sire vond de manier waarop ze dat had gezegd niet leuk, alsof hij op de een of andere manier terug zou kunnen komen en haar zou opeisen als ze hem trots zou maken.

"Ik weet het, en ik wil het echt voor mij doen. Ik wil het heel graag, maar ik zou graag willen denken dat hij op de een of andere manier nog steeds over me waakt en dat hij blij zou zijn dat ik nog steeds doe wat hij wilde dat ik deed." Het is nu meester Andrew,' voegde ze eraan toe, 'dat zal laten zien dat ik trots op mij ben, dat realiseer ik me, maar hij was net zo dicht bij Robert als ik, zo niet dichterbij, en het voelt op de

een of andere manier goed,' zei ze met een vreemde toon in haar stem.
stem.

Sire knikte nog steeds onzeker over haar gemoedstoestand en besloot dat een lang gesprek met Andrew bedoeld was om de veiligheid van het meisje te garanderen. Hij gaf toe dat hij voor het eerst sinds lange tijd van mening was dat het in feite helemaal geen ontbering zou zijn om een meisje als Susan als de zijne te nemen; het kan inderdaad heel leuk zijn.

"Ga douchen en maak je klaar, we gaan uit", sloeg hij lichtjes op haar kont en grijnsde. Het voortdurende verleggen en ontdekken van haar grenzen moest worden voortgezet, maar hij kon de kleine veranderingen in haar zien en was tevreden met haar vooruitgang, ondanks zijn twijfels over haar laatste woorden. Sire zag haar naar de badkamer lopen en ging naar de plek waar haar kleren aan een rek in zijn fotostudio hingen. Er was de afgelopen dagen geen behoefte aan kleding geweest en terwijl hij een aantal kledingstukken voor haar uitkoos om te dragen, wierp hij een blik op enkele van de foto's die hij de afgelopen dagen van Susan had gemaakt en afgedrukt. Ze was een schattige masochistische kleine slet, en hij greep de kans aan om haar mee uit te nemen en haar als de zijne te laten zien, al was het maar voor een tijdje.

De rest van de week, zo besloot hij, zou een drukke week worden, omdat hij erover nadacht hoe hij datgene wat hij wilde dat ze zou leren, kon integreren in een paar sociale uitstapjes. Maar eerst zouden ze vanmiddag, zoals beloofd, een theekransje bijwonen met Sarah en James.

*****

Susan had rustig op bed gezeten en in het dagboek geschreven dat Sire haar had gevraagd bij te houden terwijl hij aan het douchen was en zich omkleedde in een comfortabele zwarte spijkerbroek en een overhemd met knoopjes. Ze keek hem nieuwsgierig aan en dacht dat ze hem nog nooit zonder leren kleding en zwarte T-shirts had gezien. Ze had een licht babypopjurkje gekregen om te dragen en opnieuw vroeg ze zich af bij de verandering van tempo en waar ze heen gingen.

Ze kleedden haar opnieuw in de laarzen en het oversized jasje dat ze droeg toen ze op zijn fiets vertrokken en de korte afstand naar James' huis reden. Susan grijnsde toen ze zag waar ze waren en was blij dat Sire de belofte die ze had gedaan om met Sara en James op de thee te komen niet was vergeten.

Sarah rende het huis uit en wierp zich op Susan voordat haar voeten zelfs maar de grond hadden geraakt toen Sire haar van zijn fiets tilde. 'Ik heb de hele dag gewacht en gewacht! Waar ben je geweest, oom Billy?' Sara liet Susan uiteindelijk los en keek Sire fronsend aan.

Sire trok een wenkbrauw op naar Sara en keek dramatisch op zijn horloge. Gekastijd Sara legde haar handen achter haar rug en zei met zachtere stem: 'Ik ben gewoon zo opgewonden, want ik hou gewoon van haar,' probeerde Sara uit te leggen waarom ze verwaand was geweest.

'Ik begrijp het, Susan is gemakkelijk om van te houden,' boog Sire zich voorover, kuste Sara's voorhoofd en glimlachte. 'Let maar op kleintje, ik hoop dat je die koekjes hebt die ik lekker vind!' Sara giechelde ondeugend en terwijl ze Susans hand pakte, sleurde ze haar rennend het huis in.

"Eerst moet je papa een kus geven en hallo zeggen, dan heb ik een verrassing voor je!" Sara barstte opgewonden los. Susan keek over haar schouder en grijnsde omdat ze verwikkeld was in de kinderlijke opwinding van Sara en volgde haar naar de studeerkamer waar James ontspannen wachtte en met Gregory aan het kletsen was. Susan was niet echt verrast; Gregory leek een constante figuur in haar leven sinds de dood van Robert, hij leek voortdurend over haar te waken, net als voor de meisjes in de club, Susan ging ervan uit dat het slechts een verlengstuk was van zijn taken die hij voor Andrew vervulde en de belanghebbenden.

"Maar papa!" Sara jammerde toen ze zag dat James op zijn schoot klopte zodat Susan bij hem kon komen zitten.

'Sara, we hebben hierover gesproken,' zei James op een langzame, afgemeten toon.

'Ja papa, maar ik heb gewacht en gewacht,' jammerde ze, maar ze draaide zich om en verliet pruilend de kamer.

'Pas op dat je over die onderlip struikelt als hij nog lager komt,' grinnikte Sire, terwijl hij Sara oppakte en haar knuffelde. 'Kom een koekje voor me halen terwijl Susan netjes hallo zegt,' liep hij met haar de studeerkamer uit.

Susan liet zich op James schoot trekken en knuffelen voordat ze zich omdraaide om Gregory te begroeten.

'Hallo meneer Gregory, dit is een leuke verrassing,' glimlachte ze en hij beantwoordde haar glimlach met een nauwelijks waarneembare kanteling van zijn lippen terwijl hij zijn hoofd naar haar neigde.

"Hallo, kleintje. Er zijn een paar dingen besloten tijdens die bijeenkomst van de belanghebbenden nadat je was vertrokken, een daarvan was dat ik van tijd tot tijd bij je zou komen kijken om ervoor te zorgen dat je gelukkig en gezond was met je werk en verkenning", legde hij uit.

"Ik ben blij," glimlachte Susan naar beide mannen, "Bedankt dat je me steunde tijdens die ontmoeting, het betekende zoveel."

'Je hebt om hulp gevraagd. Het zou onbeleefd zijn om het verzoek van een jonkvrouw in nood te negeren, vind je niet, Gregory?' James grinnikte.

'Inderdaad,' beaamde hij meteen, 'maar uiteindelijk is het jouw leven en jouw beslissing. Andrew en Alan zijn je voogden en zij zijn er om je te adviseren of in te grijpen als je jezelf in gevaar brengt, maar je hebt de laatste woord in je leven, en ik ben er niet zeker van of je dat helemaal begrijpt." Gregory's voorhoofd fronste zich van bezorgdheid.

'O, goed voor je rug,' begroette James Sire, die binnenkwam en een koekje at en ging zitten. 'Dit gaat jou ook aan.'

"Kijk, ik houd niet van al die clubpolitiek en dat weet je, daarom vermijd ik die pretentieuze plek meestal", zei Sire op een toon die aangaf dat hij zich al verveelde door het gesprek.

"Prima, maar alle andere Dominants die op de uitnodiging ingaan om met Susan samen te werken, krijgen een tijdsbestek van twee weken, dachten we..." James grijnsde.

'Oké, ik luister nu,' onderbrak Sire zijn woorden, 'ik was bang dat ik haar zo snel terug zou sturen.'

'Er is meer,' James hield zijn hand omhoog zodat Sire zou luisteren in plaats van praten.

James schetste wat er na de ontmoeting was gebeurd en Gregory's rol in Susans leven nu. Als ze het er allebei over eens waren, zou de afspraak nog een week kunnen worden verlengd en zou Susan vereisen dat haar telefoon altijd aan of dicht bij haar persoon zou zijn, zodat Gregory willekeurig kon inchecken en de volgende week minstens één keer op bezoek kon komen.

"Kent u mijn werk?" Sire richtte zich tot Gregory, die knikte. In feite was er heel weinig over William Wilder dat Gregory nu niet wist; hij had zijn huiswerk gedaan over wie Susan momenteel bezat.

"Nu we tijd hebben, wil ik graag een korte roadtrip maken naar een aantal van de betere plekken en foto's van Susan maken. Je kunt op elk gewenst moment bellen en ontdekken waar we zijn en beslissen wanneer je van daaruit wilt bezoeken Oké?" Hij formuleerde het zo dat het eigenlijk helemaal geen vraag was.

'Daar kunnen we over onderhandelen, geloof ik,' zei Gregory ook op een toon als een man die niet degene zou zijn die zich zou buigen voor de grillen van een ander. 'Het belangrijkste hier is echter niet wat jij wilt. Susan heeft nog niet ingestemd met de verlenging, en ik moet het van haar horen.' De twee mannen draaiden zich om en keken naar Susan, die op haar lip zat te kauwen en nadacht over wat er werd gezegd.

Gregory was een strenge, compromisloze man die hoge verwachtingen had van de mensen om hem heen. Hij maakte haar bang en zorgde ervoor dat ze zich veilig voelde in zijn aanwezigheid. Ze dacht hetzelfde over Sire, maar ze had de afgelopen drie dagen ook zijn tedere kant gezien toen hij voor haar zorgde na een aantal bijzonder slopende scènes. Ze keek op naar James die altijd zo warm, zacht en liefdevol leek, maar herinnerde zich wat Andrew had gezegd over zijn meedogenloosheid tegenover mensen die hem dwars zaten. Ze zorgden elk op verschillende manieren voor haar, en ze wist dat ze haar konden en zouden beschermen als dat nodig was, maar ze waren Robert niet en zouden deze beslissingen niet voor haar nemen. Ze besefte toen dat dit was waar ze om had gevraagd: het recht om te kiezen en haar eigen beslissingen te nemen, en dat ze gewoon deden wat ze wilde.

'Zolang Gregory mij kan bereiken als ik een veilig woord moet gebruiken,' glimlachte ze naar Sire, 'denk ik dat een roadtrip leuk kan zijn.'

"Goed," zei James, "Nu danst Sara de hele tijd heen en weer voor die deuropening, dus ga en laat haar je de verrassing laten zien, en we zullen de logistiek tussen Billy en Gregory uitwerken." Hij hielp haar overeind, klopte op haar achterwerk en stuurde haar op weg.

'Het werd tijd,' zei Sara dramatisch en pakte Susans hand vast toen ze de kamer verliet.

Ze sleepte haar achter zich aan en trok haar uiteindelijk naar een kleine eetkamer naast de keuken. Susan was op zijn minst verrast toen ze als bevroren naar de vrouwen keek die ze als vrienden beschouwde. Ze sloot haar kaken en begon de begroetingen terwijl ze hen allemaal omhelsde. Cinthia streek tegen haar wang en trok haar verder de kamer in waar ze werd omhelsd door zowel Samantha als Shaky voordat Gian naar voren stapte en zichzelf netjes voorstelde. Anne had zich teruggetrokken en toen ze dit zag, liep Susan naar haar toe en omhelsde haar stevig.

'Het spijt me zo, Anne, ik ben zo verschrikkelijk geweest dat ik niet weet wat ik nog meer moet zeggen,' zei Susan zachtjes, 'ik mis je vreselijk.'

'Ik ben het die spijt moet hebben, gekkie, ik wist niet...' ze liet wat ze ging zeggen vallen. Alle aanwezige meisjes hadden plechtig beloofd Robert niet te noemen, tenzij Susan dat deed nadat Cinthia had uitgelegd dat Susan het gevoel had gehad dat iedereen zichzelf via haar moest genezen door haar te vragen het moment steeds opnieuw te beleven. In plaats daarvan glimlachte ze en liet haar los terwijl ze Susan weer naar de tafel draaide. Pas toen ze op het punt stond te gaan zitten, zag ze Cassandra aan de andere kant van de tafel zitten en blij haar te zien rende ze rond en omhelsde haar stevig.

"Het is zo goed je te zien!" riep Susan uit. 'Jullie allemaal,' zei ze terwijl ze rond de tafel keek. Ik kan niet geloven dat jullie hier allemaal zijn, terwijl ik de laatste tijd zo'n kreng ben geweest.'

'We waren niet bepaald de meest begripvolle vrienden,' zei Anne zachtjes.

"Kom eerst naast mij zitten," zei Shaky enthousiast, "ik heb altijd de leukste roddels."

'Vertel me eens over dat meisje dat met de prins uit het Midden-Oosten is weggelopen. Hebben ze haar ooit gevonden? Ik heb gehoord dat ze een motorrijder is geworden,' vroeg Susan ernstig terwijl ze met haar hoofd knikte en de andere vrouwen barstten in lachen uit.

Sara was de perfecte gastvrouw; ze had voor elk meisje gezorgd voor de favoriete lekkernijen en drankjes en hoewel dat binnen deze groep niet nodig was, werden er nieuwe gespreksonderwerpen ingevoegd als het even uitbleef. Elk meisje was opgewonden bij het vooruitzicht meer van Susan te zien en Cassandra stelde voor om maandelijks bij elk meisje thuis samen te komen en aan te bieden de volgende te organiseren.

Na maanden van zelfopgelegde isolatie voelde het zo goed om deel uit te maken van een vriendschapsgroep die wist hoe ze moesten ontspannen en lachen om het leven. Ze voelde zich beter dan ze zich lange tijd had gevoeld, en ze wist dat ze dit aan Cinthia te danken had , dus toen het gezelschap begon te ontbinden, ging ze naar Cinthia en omhelsde haar.

'Ik weet dat jij het was, heel erg bedankt. Ik wist niet hoe ik met iedereen om moest gaan, nadat ik zo lang in mezelf was opgegaan,' zei Susan rustig.

'Ik was ik niet, lieverd,' zei Cinthia met haar rijke, diepe stem. 'Andrew en Alan hebben het georganiseerd. Blijkbaar had je Sara beloofd dat haar ooms haar een verrassing zouden sturen, en dat zijn wij.' Ze lachte: 'Al denk ik dat het om te beginnen Annes suggestie was.'

"Echt!" Susan was verbijsterd en draaide zich om om Anne te vinden. "Bedankt", mompelde ze, 'Dit was precies wat ik nodig had."

Anne grijnsde terug naar Susan. 'Het minste wat ik kon doen na de laatste keer dat ik je zag.' Schuldgevoel vertroebelde even haar gezicht voordat ze weer glimlachte: 'Ik ben gewoon blij dat we je terug hebben.'

Het kleine gezelschap begon zich te ontbinden en Susan begon Sara te helpen met het opruimen, maar Sara joeg haar weg: 'Ga met papa praten, anders wordt hij chagrijnig dat ik je helemaal voor mezelf had.'

'Maar dat deed je niet echt,' begon Susan te protesteren en pakte nog een bord. Sara nam het bord uit haar handen en keek haar ernstig aan.

'Ik gedraag me niet vaak als een volwassene, maar voor deze keer maak ik een uitzondering, omdat ik denk dat je dit moet horen,' slikte ze en haalde diep adem. "We hielden allemaal heel veel van Robert voordat jij kwam. Hij heeft ieder van ons en onze Meesters enorm geholpen, de meesten van ons meerdere keren, op verschillende manieren en soms uit rampzalige situaties, zoals Anne. Er kon altijd op hem worden gerekend om voor ons te zorgen degenen om wie hij gaf. Het is de band die hij met ons had die jou zo snel in onze kring heeft getrokken.' Susan begon op haar lip te kauwen en haar gezicht werd bewolkt.

"Dat is de reden waarom we allemaal zoveel geven om wat je doet en waarom we voortdurend willen zien dat je ermee omgaat." Ze zag Susans gezicht nog verder wegzakken, maar gaf niet toe. "Wat ik niet zo goed probeer te zeggen, is dat je nu een van ons bent, of je het nu leuk vindt of niet, en dat ieder van ons, meisjes en onze Meesters, een bepaalde verantwoordelijkheid jegens jou voelt, want als wij het waren, en het is in de in het verleden zou hij het zonder aarzelen doen en je moet het ons laten doen, voor hemzelf en om alle anderen te helpen genezen, precies zoals jij probeert. Hij was echt een medelevende man onder dat sadistische bastaarduiterlijk; je weet dit, net zoals goed als ik." Susan knikte en haar ogen glinsterden.

"Dus nu je besloten hebt wat je nodig hebt om je eindelijk te helpen genezen, moet je de rest van ons binnenlaten en ons op onze eigen manier laten genezen door je dichtbij te houden en de man te herinneren die hierboven van je hield Alle anderen." Sara was eindelijk klaar met haar lezing en omhelsde Susan tegen zich aan.

"Nu zijn we aan de beurt geweest om er zeker van te zijn dat je geneest, ga papa en Gregory geruststellen, ze maken zich te veel zorgen," grijnsde ze. "Elke aap met een half brein kan zien dat je weer begint te leven; we hoeven alleen maar krijg je je eigen nog lang en gelukkig." Ze liet Susan los. 'Na verloop van tijd, nog niet, heb je nog steeds veel kikkers om te kussen op weg naar het vinden van de charmante prins. Hoewel oom Billy een heel goed begin is,' giechelde ze.

*****

De volgende ochtend, terwijl hij een goed uitgevoerde pikzuigbeurt ontving, dacht Sire na over het meisje dat, in alle opzichten, de zijne was voor de komende week. Haar grenzen waren veel groter dan wat hij van een meisje van haar formaat verwachtte. De eerste nacht en de volgende dag had hij haar onderworpen aan een groot aantal dwangmaatregelen, gebruiksvoorwerpen, speelgoed en gereedschap, waarvan de bullwhip het enige leek waarmee ze vrijwel veilig kon praten.

De tweede dag had hij haar ertoe aangezet watersporten te ondergaan en haar bijna gedwongen te scatten, maar tot zijn opluchting redde ze zichzelf en hem door veilige bewoordingen te zeggen. Hij liet haar echter kennismaken met het klysma met zeepwater en het idee van bukkake, niet met de realiteit, en door dit alles was hij ertoe overgegaan haar in verschillende stadia en leeftijden te infantiliseren, waardoor ze nog twee keer haar veilige woord had gegeven. Hoe jonger hij haar maakte, hoe meer grenzen hij ontdekte en tegen het einde van de tweede dag was hij blij dat ze haar veilige woord zou gebruiken als dat nodig was.

De derde dag had in het teken gestaan van praktijken die, als ze niet met het juiste respect werden behandeld, haar lichaam en geest voorgoed zouden kunnen schaden. Wax Play leek binnen haar grenzen te liggen, ook al grensde het aan zacht, dus had hij het nog een tandje hoger gezet. De ochtend was grotendeels in beslag genomen door het prikken van naalden en haken, tatoeagepistolen en wapens, maar ze had ze stuk voor stuk tot zijn grote vreugde onder woorden gebracht.

Hij glimlachte terwijl hij naar haar keek. Exhibitionisme en vernedering op grotere schaal, misschien met meerdere partners, zouden een interessante test zijn van haar grenzen, evenals van de culturele en sociale verwachtingen van haar dominanten. Hij glimlachte, wetende waar ze heen zouden gaan tijdens hun roadtrip, en in gedachten plande hij de reis en het aantal dagen dat het zou duren. Hij zou Gregory hiervan op de hoogte stellen voordat ze vertrokken. Ondanks de aanvankelijke aanwezigheid van alfa-persoonlijkheden, mocht hij de sobere man heel graag en kon hij zien dat hij alleen de belangen van het meisje en zijn vrienden voor ogen had. In veel opzichten deed Gregory hem aan Robert denken, maar zonder de torenhoge reputatie die bij de persoonlijkheid paste.

Hij kreunde terwijl ze hem diep vastpakte, rond de eikel van zijn pik slikte en genoot van hoe gemakkelijk ze zijn favoriete manier van pikzuigen had opgepikt. De deur aan de andere kant van het hok ging open en dicht, waardoor Susan verstijfde in haar bewegingen.

'Blijf zuigen,' gromde Sire terwijl hij zijn hand zwaar op haar hoofd legde voordat hij riep: 'Het werd tijd dat je hier kwam, doe alsof je thuis bent, ik geef de nieuwe baby alleen maar ontbijt.' Sire grinnikte en Susan hoorde een tweede stem roepen.

'Fuck, oude man, hou je ooit op,' zei de mannenstem en Susan hoorde de zware val van laarzen en het geruis van zijn lichaam dat wegzakte in het leer van een nabijgelegen stoel.

"Niet als het zo lekker is," bleef Sire grinniken voordat ze weer kreunde terwijl ze hem naar zijn ballen nam, hard en diep zuigend. "Oh ja," hij drukte haar hoofd hard naar beneden, hield haar lange seconden vast voordat hij haar weer omhoog trok en luid klaarkwam, terwijl hij linten sperma op haar tong spoot die ze gehoorzaam doorslikte. Terwijl hij haar een paar ogenblikken de tijd gaf om hem leeg te laten lopen en schoon te maken terwijl hij zijn controle terugkreeg, trok hij haar uiteindelijk bij zich op de bank en draaide haar om de stem te ontmoeten.

'Susan, dit is Pete, mijn zoon,' stelde Sire haar voor.

'Het is een genoegen je te ontmoeten,' zei Susan, haar verbazing maskerend. Ze wist dat Sire veel ouder was dan zij, maar ze had niet verwacht dat hij een zoon zou krijgen die er van middelbare leeftijd uitzag. Net als zijn vader was Pete lang en stevig, met grijzend haar en scherpe, intelligente ogen. Ook hij droeg motorleer en Susan glimlachte toen hij haar op haar beurt begroette.

"Ook leuk om jou te ontmoeten, kleintje," wendde hij zich weer tot zijn vader, "ik weet niet hoe jij er altijd in slaagt om die schattige slettertjes te bemachtigen!"

'Gewoon geluk gehad, denk ik. Heb jij het meegenomen?' Sire leek in een goed humeur toen hij Susan op zijn schoot duwde.

'Waarom zou ik hier anders zijn,' wees hij naar de doos naast hem. "Dit is voor jou kleintje, kijk even terwijl ik met de oude man over mijn bonus onderhandel", grijnsde hij naar haar. Met een bemoedigend duwtje hielp Sire haar van zijn schoot en stapte ze naar de box.

"Wauw! Dit is geweldig," riep ze uit, terwijl ze het leren jack uit de doos trok en omhoog hield. Een geborduurde afbeelding van Tinkerbelle zat op de achterkant van het jasje en veroorzaakte haar opwinding. Het was echter niet helemaal Tinkerbelle, de fee had donker golvend haar dat veel leek op dat van Susan in plaats van blond. De naam Tink boog iets over de bovenkant van de afbeelding, en de naam Susan hing in een even lichte boog rond de onderkant. Het was prachtig gedetailleerd en ze staarde er vol ontzag naar.

'We kunnen je toch niet op reis sturen zonder je eigen jasje,' grijnsde Pete en wendde zich weer tot Sire. 'Nu over mijn bonus.'

'Wat wil je,' vroeg Sire twijfelend.

'Een hoofdjob zoals degene waar ik zojuist getuige van was, klinkt ongeveer goed,' grijnsde hij.

'Tuurlijk, waarom niet,' haalde hij zijn schouders op terwijl hij naar Susan keek, van wie hij half verwachtte dat ze haar veilige woord zou gebruiken. In plaats daarvan was hij aangenaam verrast toen ze Sire kalm het jasje ter inspectie overhandigde en voor Pete op haar knieën zakte.

Pete stond gretig op, liet zijn spijkerbroek zakken en schopte hem uit. Susan voelde hoe haar mond bij de hoeken omhoog ging in een halve glimlach toen ze merkte dat de zoon net zo goed bedeeld was als zijn vader, zo niet meer, en ze spreidde haar lippen lichtjes voorovergebogen om het puntje te kussen in de verwachting dat hij zou gaan zitten. opnieuw. In plaats daarvan bleef hij staan en verzamelde haar haar in één hand, hield het uit haar gezicht en hield haar hoofd iets naar achteren.

'Houd de mijne de hele tijd in de gaten, begrepen?' zei hij bruusk.

Ze knikte lichtjes binnen de stevige greep die hij op haar haar had en mompelde zachtjes: 'Ja, meneer.'

"Braaf meisje," hij plaatste het puntje van zijn pik tussen haar lippen en begon langzaam in en uit haar mond te bewegen terwijl ze naar hem opkeek. Susan realiseerde zich dat dit een man was die van volledige controle hield en zichzelf gewillig overgaf aan zijn verlangens terwijl ze haar lippen in een strakke ring rond zijn pik sloot. Hij beukte met zijn heupen en duwde verder en deed haar een beetje kokhalzen. Ze merkte een lichte glimlach op in zijn ogen terwijl ze naar hem opkeek. 'Open,' beval hij en ze liet haar mond openvallen en haar mond wijd open voor hem terwijl hij diep in haar keel drong en haar opnieuw kokhalsde.

"Gehoorzame kleine slet heb je deze keer," zei hij tegen Sire.

"Ik ben een gelukkig man," grijnsde Sire terug, genietend van het kijken hoe Susan de pik van iemand anders pakte en voelde hoe zijn eigen opwinding weer begon te groeien.

Susan begon te kwijlen terwijl ze zich ontspande en slikte om de dikke lul die tegen haar keel sloeg. Haar ogen begonnen te benevelen en te tranen, maar ze spande zich niet in tegen de positie waarin hij haar vasthield terwijl hij haar gezicht neukte; in plaats daarvan richtte ze haar ogen op de zijne terwijl ze een traan naar haar wang knipperde. Dit leek hem nog meer op te winden, en hij rukte haar hoofd verder naar achteren aan de haren en stapte naar voren en liet zijn balzak iets in haar wijd open mond zakken.

Terwijl ze met haar tong fladderde en zo goed mogelijk aan de kiezelhuid zoog, kon ze in haar positie diep ademhalen door haar neus, wetende dat dit maar een klein uitstel was. Ze voelde haar eigen opwinding opbouwen en het vocht van haar kut begon naar haar dijen te stromen. De balzak werd uiteindelijk weggetrokken, en de pik werd met meer kracht terug in haar mond gebracht. Pete hield haar hoofd bijna bij haar oren en begon serieus te neuken, zo leek het, zonder dat ze ademloos was, maar hij zorgde er zo nu en dan voor dat hij dat niet deed. doordrong haar keel terwijl ze lucht door haar neus zoog.

Pete was verdwaald in Susan's betraande ogen terwijl hij haar neukte, onder de indruk van de slet aan zijn voeten en haar bereidheid om op zo'n manier gebruikt te worden. Hij gaf zichzelf over aan de kracht die zij hem gaf en voelde het genot dat zij zijn pik schonk, diep kreunend voordat hij zich terugtrok en sperma over haar lippen en tong spoot en vervolgens weer terug in haar warme, natte mond dreef. Eindelijk verzadigd liet hij zich weer op de stoel vallen.

Susan was zo heet en behoeftig voor haar eigen vrijlating toen ze uit Pete's handen viel; ze keek hem met betraande ogen aan en zei zachtjes: 'Dank u, meneer.' Terwijl ze wachtte tot hij haar met een kort knikje zou erkennen, draaide ze zich om en kroop terug naar Sire, die voor hem knielde. Hij keek zwijgend op haar neer in de hoop dat ze zou vragen wat ze nodig had. "Alsjeblieft, Sire," fluisterde ze, "Neuk me, Sire, ik moet klaarkomen, alsjeblieft."

"Ik hoef je niet te neuken om je te laten klaarkomen," gromde hij en leunde naar voren, terwijl hij in elke hand een tepel kneep en ze draaide totdat ze luid jammerde. 'Maar aangezien je het zo vriendelijk vroeg,' klapte hij de kist naast hem open en omdat hij Pete wilde laten zien wat ze precies kon verdragen, trok hij de tri-clamp-set terug terwijl hij keek hoe Susan het opmerkte en spreidde onmiddellijk haar benen en vouwde haar vingers achter haar. hoofd in een displayhouding.

Hij keek op en Pete knikte waarderend. Susan hijgde zwaar en jammerde luid toen hij, eindelijk tevreden met de plaatsing van de klemmen, haar oppakte en haar op handen en knieën op de lage salontafel plaatste. Hij stond achter haar en ging haar ruw binnen, waardoor de klemmen heen en weer zwaaiden en Susan het uitschreeuwde van zowel pijn als plezier. Hij trok zich langzaam van haar terug en kwam toen grommend weer naar binnen: "Is dit wat je nodig hebt, kleine slet?" Hij ramde haar met geweld tegen zich aan.

"Ja. Oh ja, alsjeblieft, neuk me, Sire," riep ze uit, wetende dat dit hem ertoe zou aanzetten haar harder te gebruiken. Sire genoot van haar bedelen; haar behoeftigheid, en Susan wist dat smeken om wat ze wilde met vieze praatjes haar zou opleveren wat ze nodig had, en nog veel meer. "Ik moet geneukt worden door een grote lul zoals die van jou; ik ben zo'n lulhongerige spermaslet." Ze trok een grimas bij de pijn van de klemmen en bij de woorden die uit haar mond vielen.

"Verdomde pik-hongerige hoer, zuig Pete's pik nog een keer, maak hem hard zodat hij jou ook kan neuken, verdomde slet," Sire's stem was gevuld met grommende minachting toen hij tegen haar aan botste. De woorden drong nauwelijks tot haar door of Pete stond voor haar met een half harde pik. Hij pakte haar haar vast en leidde haar mond naar zijn pik terwijl Sire tegen haar aan bleef rammen. Haar gejammer veranderde in gorgelend terwijl zijn pik snel in haar mond groeide, haar hoofd en lichaam bewogen door het bonzen van Sire terwijl Pete nog steeds in het gezicht van het meisje keek.

"Bereid je voor, slet," gromde Sire terwijl hij zich over haar lichaam boog en aan de ketting trok, waardoor ze om de pik in haar mond gilde. Toen de klem loskwam van haar klitje schreeuwde ze, en Pete drong in haar keel en genoot van de trillingen die de pijn haar stem gaf. Susan's ogen rolden in haar hoofd en ze schokte krampachtig terwijl ze hard tussen de twee mannen kwam. De mannen bleven haar hard neuken terwijl ze doorging met klaarkomen, wat haar een beetje rust gaf terwijl Sire de klemmen uit haar tepels trok, waardoor ze weer om de pik in haar keel schreeuwde.

Susan zweefde op een wolk van pijn en plezier, waarbij ze zichzelf en de tijd uit het oog verloor, totdat ze uiteindelijk opgerold in de lounge lag, nog steeds zwaar hijgend terwijl Sire haar haar streelde en haar water aanbood. Hij kuste haar voorhoofd. 'Blijf hier tot je zin hebt om te douchen, dat heb je heel goed gedaan, kleintje.' Susan sloot haar ogen en rekte zich uit terwijl ze voelde dat haar spieren losmaakten. Ze draaide zich om en keek naar Sire terwijl hij zachtjes tegen Pete sprak.

*****

Ze reisden zuidwaarts door het bergachtige achterland en toen ze de snelweg afsloegen naar een route die Susan maar al te goed kende, verstijfden ze op de achterkant van de fiets. Haar spieren spanden zich terwijl ze haar greep op Sire verstevigde. Ze hoorde zijn stem door de koptelefoon in haar helm.

"Wat is er mis?" Sire's stem klonk bezorgd.

'Dit is de route naar het huis van mijn ouders en dat van Robert,' zei ze langzaam en bedachtzaam terug.

'Ik denk niet dat je je zorgen hoeft te maken, waar we heen gaan is buiten de hoofdwegen,' grinnikte hij en voelde haar een beetje ontspannen. Susan zei niets, haar gedachten bij de laatste keer dat ze haar ouders met Gregory had gezien en alles wat er sindsdien was gebeurd.

"Was het maar een week?" Ze vroeg zich af. Het leek zoveel langer sinds ze de beslissing had genomen om terug te keren naar de wereld van Robert en een wervelwind in haar leven had veroorzaakt waardoor ze nu achterop een motorfiets zat en over de bergwegen reed waarvan ze wist dat ze haar naar huis zou kunnen brengen als ze dat wilde. . Er zat enige troost in dat ondanks haar aanvankelijke angsten, mocht ze moeten ontsnappen, wegrennen... Susan beet op haar lip. Ze wist dat ze niet zou weglopen en had zelfs het gevoel dat ze dat niet kon. Dit was precies wat ze had. gevraagd om. Robert had haar meegenomen en in situaties gebracht en op de plaatsen waar hij haar wilde hebben, dit was compleet anders en ze moest stoppen en zichzelf eraan herinneren dat dit allemaal haar keuze was, ze kon nee zeggen; ze kon haar veilige woord gebruiken; ze kon zich op elk moment afmelden, zonder dat ze hoefde te ontsnappen of weg te rennen.

Robert had van haar gehouden en zou haar altijd volgen. Ze wist, zij het toen nog niet bewust, dat hij haar niet zou laten gaan. Deze man daarentegen had zulke gevoelens niet voor haar. Ze wist dat hij om haar gaf, maar het leek in niets op de allesomvattende band die Robert op haar had gedrukt. Ze vroeg zich af of het waar was dat er maar één zielsverwant voor een ander bestond en dat de hare nu voor deze wereld verloren was. Ze voelde hoe de droefheid van die gedachte haar overspoelde en leunde met haar hoofd tegen Sire's rug terwijl ze reden, verzonken in haar eigen gedachten.

Trouw aan zijn woord waren ze buiten de hoofdwegen gebleven, hadden ze enkele glorieuze natuurwonderen bezocht en overnacht in kleine bed & breakfast-accommodaties. Hij behandelde elke locatie als een gelegenheid voor een fotoshoot, waarbij hij haar het vaakst aankleedde of uitkleedde voordat hij haar in verschillende poses vastbond met ruw touw en rafelige stroken versleten materiaal. In het begin was ze zelfbewust en bang dat ze ontdekt zouden worden, maar naarmate de tijd verstreek en hij haar lichaam voortreffelijk gebruikte voor zowel plezier als modellenwerk, ontspande ze zich en genoot ze van het creatieve proces met hem.

Twee keer, in de tijd dat ze onderweg waren, werd ze door een jogger of boswandelaar bespioneerd en vanaf een afstandje gadegeslagen. Bij die gelegenheden was Sire niet zo sadistisch als hij anders zou zijn geweest als hij de voyeur had toegestaan haar te horen smeken om meer, terwijl hij haar hardhandig gebruikte.

Na een lange rit van een aantal dagen stopten ze voor een louche bar, waar luide muziek uit de open ramen zong, samen met luide stemmen en gelach. De nieuwsgierigheid van Susan werd gewekt toen Sire van de fiets stapte, zodat ze goed naar de bar kon kijken. Het was een vrijstaand houten huis dat eruitzag alsof het enige tijd geleden was omgebouwd tot een soort club in plaats van tot een bar. Sire pakte haar van de fiets en zette haar op de been voordat hij haar hielp de helm en de jas uit te trekken. Toen ze om zich heen keek, was ze verbaasd over de hoeveelheid fietsen die rond de club geparkeerd stonden.

Ze huiverde toen de nachtelijke lucht rond het doorschijnende witte topje krulde en flirtte met de brede plooien van de leren rok die ze droeg. Het waren tepels die al rechtop werden gehouden door de manchetten die ze versierden, maar die nog meer leken te rimpelen en tegen de stof van haar blouse drukten terwijl hij haar haar inspecteerde dat in twee vlechten was getrokken die over haar schouders hingen.

Zijn hand gleed over haar borsten en vervolgens langs haar rug en krulde uiteindelijk onder haar rok om haar kont te strelen, waardoor haar ademhaling versnelde terwijl ze opstond en zijn liefkozingen met een kleine glimlach accepteerde. Hij boog zich voorover om haar voorhoofd te kussen en glimlachte terug.

"Je ziet er zo schattig sexy uit vanavond, ik zou je hier en nu kunnen neuken," mompelde hij laag in haar oor voordat hij zich oprichtte, haar hand pakte en naar de ingang van het gebouw liep. 'Blijf altijd naast me, begrijp je dat?' vroeg Sire abrupt.

'Ja, Sire,' antwoordde Susan snel, wetende dat hij het niet hoefde te vragen. Haar ogen werden groot toen ze de twee enorme motorrijders bij de ingang zag staan.

"Fuck, Wildman, je haalt al tijden geen slet binnen en als je dat wel doet, zit ze in de gevangenis. Heeft ze een identiteitsbewijs?" een van de enorme mannen bekeek Susan aandachtig. 'Ze ziet er nog niet uit alsof ze geen luiers meer heeft! Laat staan dat ze deze plek aankan.'

'Ze is ouder dan jouw snotaap,' hij haalde Susans identiteitsbewijs uit zijn eigen zak en liet het naar hen zien.

"Nou, fuck me," lachte hij en leunde naar voren terwijl hij tegen Wildman op zijn schouders botste.

'Dit zou een goed moment zijn om je veilige woord te gebruiken en zijn verzoek af te wijzen,' grinnikte Sire tegen Susan.

'Stop' piepte ze terwijl ze giechelde, en de stoïcijnse tweede man die zich niet had bewogen of iets had gezegd, brulde van het lachen.

'Dat is verdomd onbetaalbaar, Wildman. Je zult het moeilijk hebben om haar voor jezelf te houden als alles wat ze zegt zo schattig is,' vervolgde zijn diepe, rommelende lach.

'Vind je het dan te veel om ze te vertellen dat ze Tinker Susan heet?' ' zei Sire met een grijns waardoor de man nog meer lachte terwijl hij knikte.

"Je kent de regels Wildman, geen tatoeage, geen toegang en ik kan niet eens een neppe op haar hete kleine lijfje zien getekend." De eerste man bleef Susan nauwlettend in de gaten houden, waardoor ze zich ongemakkelijk voelde.

Voordat ze wist wat er aan de hand was, had Sire haar om haar middel gegrepen en opgepakt, waarbij ze haar gemakkelijk ondersteboven draaide, zodat haar rok omhoog viel en haar kut zichtbaar werd. 'Zie je dat heren? Geen behoefte aan namaak, het is heel echt,' sprak Sire trots en Susan voelde hoe iemands vingers het ingewikkelde patroon volgden van de RM die Roberts bijnaam was geweest, en besefte in een uitbarsting van helderheid dat het ondersteboven gemakkelijk verkeerd kon zijn. voor WW, William Wilder, ook bekend als Wildman. 'Ga nu uit de weg, bozo, voordat ik je een grote rode clownsneus geef die bij je houding past.'

De tweede man barstte opnieuw in luid gelach uit en Sire droeg Susan naar de bar. De voorkamer verraste haar; ze had het gevoel dat ze clubmed was binnengelopen. Een tropisch gevoel doordrong de plaats; een paar mannen en vrouwen stonden of zaten te drinken en poolen, de bar werd bemand door topless vrouwen met lei's en bloemen in hun haar, hoewel ze voor zover Susan wist naakt hadden kunnen zijn, omdat ze niet voorbij hun middel kon kijken.

'Ik ga even een biertje pakken en dan zal ik je rondleiden,' mompelde Sire in haar oor en leidde haar naar de bar, terwijl hij haar op een hoge barkruk hielp. Door het roepen van zijn naam en de mensen die haar benaderden, werd Susan zich er duidelijk van bewust dat Sire een populaire en zeer gerespecteerde man onder deze mensen was. Ze verloor de namen uit het oog die haar werden verteld toen ze aan hen werd voorgesteld en bad dat ze weg kon komen door ze meneer of mevrouw te noemen als hun namen niet in haar opkwamen als ze weer nodig was.

'Dit,' zei Sire terwijl hij haar van de kruk hielp en haar hand pakte, 'is de bar aan de voorkant.' Hij leidde haar naar de achterkant van de kamer en door een andere deur. 'En dit is de bar aan de achterkant,' glimlachte hij terwijl ze om zich heen keek. Er waren verschillende tv-schermen in de muren geplaatst waarrond banken en lage tafels in cirkelvormige patronen waren opgesteld. Een topless vrouw stond bij de deur en bood handdoeken aan aan degenen die ze wilden hebben. Hij trok haar verder de kamer in en zorgde ervoor dat ze goed zicht had op de actie die in verschillende delen van de kamer plaatsvond.

Op een bank zat een magere blondine op haar knieën en liet haar hoofd op de armleuning rusten terwijl ze naar een pornovideo keek waarin een meisje tegelijkertijd door twee mannen wordt geneukt. Terwijl ze daar knielde, lag een andere vrouw op haar rug tussen haar benen en beet haar kut terwijl zij op haar beurt werd geneukt door een man met een baard die tot aan zijn borst reikte. Ze leken zich niet bewust van de rest van de kamer of van de toeschouwers.

In een ander deel van de kamer zaten een man en een vrouw nonchalant gekleed alsof ze op een date waren en keken naar een actiefilm, maar elk hield de zwarte kettingriem vast van een jonge man en een vrouw die voor hen op de grond zaten en elkaar aaiden. langzaam naar de climax toe, hun ogen gericht op hun dominanten terwijl de film achter hen speelde. Terwijl Susan door de kamer bleef kijken, voelde ze haar eigen opwinding toenemen bij de bezienswaardigheden en geluiden. Een andere groep leek te rusten na hun inspanningen terwijl ze zwaar ademend over elkaar heen lagen.

Hoewel de seksuele thema's van Roberts club hiermee gelijk waren, vond er, afgezien van de uitgelichte podia, het meeste spel plaats in de privékamers daar. Susan probeerde zich voor te stellen hoe deze kamer eruit zou zien tijdens een druk weekend en als de groepen zich zouden vermengen tot één grote orgie. Ze sprong op toen ze Sire's hand onder haar rok voelde zakken en haar kut zachtjes voelde strelen.

"Ik wist dat je het hier leuk zou vinden, je bent zo'n behoeftige kleine slet," zei hij luider dan Susan had gewild, terwijl hij haar klitje streelde waardoor ze diep bloosde, ook al leek niemand anders in de kamer hun aanwezigheid te erkennen. Hij trok zijn hand weg toen haar ademhaling versnelde tot hijgen en klakte met zijn tong naar haar: 'Nog niet, hebzuchtig meisje.' Hij bood haar zijn vinger aan om schoon te maken en glimlachte op haar neer terwijl ze er zachtjes op zoog.

Sire trok haar weer naar voren naar het andere eind van de kamer en door een grote deur weer naar een overdekt terras. Het was ingericht als een strandresort met een grote bubbelende spa als centraal kenmerk en een kleine bar aan de zijkant. 'Dit is wat wij de nudistenkolonie noemen; naaktheid wordt hier niet alleen verwacht, maar ook vaak afgedwongen,' grijnsde hij naar haar en streek met zijn hand over haar bedekte borsten. 'We moeten Ruth nog vinden, zodat je je kleren kunt houden,' pauzeerde hij om de nadruk te leggen. 'Voor nu.'

Opnieuw stonden er meisjes met handdoeken bij de deur en bijna elke ruimte rond de spa was bezet met dunne matrassen zoals die gebruikt worden op stoelen rond zwembaden, maar zonder de stoelstructuur. Twee koppels hingen wat rond, naakt en schijnbaar onbezorgd, terwijl zij en Sire om zich heen keken en teruggingen naar de kamer waar ze vandaan waren gekomen. Ze zag de kluisjes langs de muur die naar de club leidden en hield haar hoofd schuin toen het begrip begon te dagen.

Susan was angstig en opgewonden tegelijk. Ze wist niet of ze bang was om hier te worden blootgesteld of dat ze het wilde. Ze was meer dan eens praktisch blootgesteld geweest in Roberts club, maar de stukjes stof waarin hij haar had gekleed hadden haar enigszins beschermd tegen naaktheid. Hij had haar ook meer dan eens in het bijzijn van anderen gebruikt, maar bij die gelegenheden was meestal maar één andere persoon betrokken. De enige echte uitzondering was de club in Singapore geweest, maar ze had zich onder de tafel verstopt terwijl ze aan zijn pik had gezogen. Geneukt worden in zo'n open ruimte met zoveel voyeurs als ze wilden zien, was iets heel anders.

Ze hield zijn hand stevig vast zodat hij haar hier niet in de steek kon laten en liep terug door wat zij beschouwde als de orgiekamer, terwijl haar ogen opnieuw de kleine groepen afspeurden. Ze was zo onder de indruk van de herschikking van het trio dat naar de pornovideo keek, dat ze niet had opgemerkt dat de man glimlachend op hen afkwam totdat hij iets zei.

'Wildman! Het werd verdomd tijd dat je hier kwam.' Een man die net zo groot was als Sire, maar nog breder, omhelsde hem in een berenknuffel voordat hij zich naar Susan wendde en haar oppakte in een even verpletterende knuffel die haar deed piepen. 'Dus dit is de kleine fee die de laatste tijd je aandacht heeft getrokken.'

De twee mannen torende boven haar uit toen hij haar weer op de been zette. Beiden waren ruim dertig centimeter groter dan zij, en terwijl Sire gespierd en dik was; Ruth was een gigantische man die duidelijk genoot van de excessen die zijn succes hem mogelijk maakte.

'Kom,' moedigde hij hen aan, 'ik heb een prijs als ze slaagt voor de inwijding.'

Susan verstijfde bij het woord inwijding, en Sire zag haar verstijven. Hij glimlachte, misschien had ze wel een echt gevoel van zelfbehoud toen ze niet helemaal zeker was van haar omgeving en de mensen daarin. Hij had haar niet verteld dat ze Ruth kon vertrouwen, zoals Andrew bij hemzelf had gedaan, dus hij begreep het en was aangenaam verrast door haar tijdelijke onwil. Dit zou een interessante avond moeten worden, en hij grijnsde toen ze naar hem opkeek, terwijl ze op haar lip beet en opnieuw zijn hand vastpakte.

Susan liep met de mannen terug door de voorbar en naar de zijkant waar een trap naar boven leidde. Bovenaan de trap was een lange gang met op regelmatige afstanden deuren.

'Je bent van plan om vannacht te blijven, neem ik aan?' zei Ruth tegen Sire terwijl ze door de gang liepen.

"Ja, dat denk ik wel. Ik betwijfel of deze kleine slet niet zal slagen voor je test," grinnikte hij, en Ruth glimlachte sluw.

'Weet je waarom ze mij Ruth noemen?' De grote man had zich omgedraaid om Susan aan te spreken.

'Nee, meneer,' zei Susan met een vastere stem dan haar nervositeit haar in het verleden zou hebben toegestaan.

'Het is een afkorting van Ruthless,' hij keek haar doordringend aan voordat hij zijn glimlach om zijn mondhoeken liet verschijnen. 'Hij,' hij schudde zijn hoofd in de richting van Sire, 'kent mij goed en vertrouwt mij je lekkere lijfje toe . Wat hij als bedreigend beschouwde, was de lip die plotseling tussen haar tanden klemde terwijl ze naar hem opkeek met die schitterende groene ogen die zijn aandacht trokken.

'Je mag er vanavond drie nemen,' knikte hij naar Sire en Susan keek naar de deur waar ze voor waren blijven staan.

Sire liet haar hand los en boog zich voorover om haar voorhoofd te kussen. 'Vertrouw en gehoorzaamheid kleintje,' mompelde hij, en luider zei hij tegen Ruth: 'Haar veilige woord is Stop, als ze het gebruikt, gaan we weg.' Er was een toon in zijn stem die aangaf dat hij geloofde dat als zij het woord zou gebruiken, zij niet de dupe zou zijn van zijn teleurstelling.

Ruth draaide zich om en liep de gang door, in de verwachting dat het meisje hem zou volgen. Susan wierp nog een laatste blik op Sire en volgde resoluut de reus, Ruth, door de gang. Hij opende de deur aan het einde van de gang en hield hem open toen ze binnenkwam en om zich heen keek. De klik van de deur toen die dichtging, deed haar opschrikken. Ze draaide zich om en keek op naar de grote man die boven haar uit torende, niet wetend wat ze moest doen.

'Dus, wat vind je van mijn club?' Hij glimlachte op haar neer en liep naar een lage bank waar hij zwaar zat, wat aangaf dat ze tegenover hem op de mat moest gaan zitten. Tussen hen in stond wat Susan oorspronkelijk had aangezien voor een klein bijzettafeltje, maar het oppervlak leek meer op een ondiepe schaal die op de vier poten balanceerde.

'Het is heel anders dan de clubs die ik ken, meneer,' zei Susan zachtjes, niet precies wetend hoe ze moest antwoorden. Deze club miste de rijke inrichting en de donkere sfeer van de meeste clubs waar ze ooit was geweest, ongeacht of ze aan de levensstijl voldeden of niet.

'Natuurlijk,' grinnikte Ruth, 'geen pretentieuze lul zou hierheen komen om kava te drinken en met mij te genieten van het eilandleven.' Hij zag hoe Susan haar hoofd schuin hield, omdat ze zijn woorden niet helemaal begreep, en opsprong toen er een vrouw naast haar verscheen. De vrouw had prachtig glanzend ravenzwart haar dat recht langs haar rug hing en onder haar kont krulde terwijl ze knielde en naar Susan glimlachte. Susan nam bijna jaloers haar karamelkleurige huid in zich op terwijl ze terug glimlachte en de getatoeëerde tribale armbanden opmerkte die haar biceps sierden.

'Dit is mijn vrouw, Mata'Mo'Ana, jij zult haar Ana noemen. Zij zal je voorbereiden op de ceremonie,' kondigde Ruth aan en hijsde zijn lichaam van de lage stoel om boven de vrouwen uit te torenen. Hij keek een paar minuten op hen neer voordat hij zich omdraaide en zonder nog een woord te zeggen de kamer verliet. Susan liet de adem los waarvan ze zich niet had gerealiseerd dat ze die had ingehouden toen de deur weer dicht klikte.

'Kijk niet zo bezorgd. Hij doet graag intimiderend, maar in werkelijkheid is hij zachtaardig,' zei Ana met een rijk accent.

'Het is meer dat ik niet echt begrijp wat er aan de hand is of wat ik hier doe, wat mij zorgen baart,' gaf Susan toe. 'Ze zeiden iets over een inwijding en nadat ze de trap hadden gezien toen ik aankwam,' stierf haar stem weg en keek ze naar haar handen die in haar schoot lagen. Ana zag de spanning in het meisje en begon haar best te doen om haar gerust te stellen.

'Tui creëerde deze plek als een kalapu- of kava-club met zijn vader toen hij jonger was. In Tonga, Samoa en een reeks eilanden in de Stille Oceaan is kava een drankje dat de mannen delen tijdens grote ceremonies, maar ook af en toe informeel,' pauzeerde ze even. om Susan de uitleg en informatie over de club tot zich te laten nemen.

"Wie is Tui?" Ze hield haar hoofd schuin terwijl de vrouw naar haar glimlachte.

"Tui staat bij zijn vrienden ook bekend als Ruthless of Ruth", legde ze uit. "Nu moet je leren wat je moet doen tijdens de kava-ceremonie. We hebben niet zoveel tijd als ik zou willen, dus ik zal het onderweg uitleggen. Ben je er klaar voor?" Ana keek Susan serieus aan.

Susan knikte, maar eigenlijk wist ze helemaal niet waar ze klaar voor was. Ze liepen naar een andere kamer, en terwijl Ana de apparatuur in elkaar zette, legde ze de tradities van de Kava-drank uit en de verschillende ceremonies die je op verschillende eilanden in de Stille Oceaan tegenkomt, en lachte met Susan mee terwijl ze de verdunde vorm uitlegde die grog wordt genoemd. Tui kwam oorspronkelijk uit Tonga en zoals zijn naam al deed vermoeden was hij een familielid van de koning, zij het op afstand. Hierdoor hadden het drinken van kava en het ritueel ervan een sterke betekenis voor hem.

"In Tonga wordt kava elke avond gedronken in kalapu, het Tongaanse woord voor club. Alleen mannen mogen de kava drinken, hoewel er ook vrouwen aanwezig kunnen zijn die het serveren. De vrouwelijke serveerder was traditioneel een jonge maagdelijke vrouw die de tou'a werd genoemd. Het is absoluut noodzakelijk dat de tou'a geen familie is van iemand in de kalapu, omdat het onmogelijk zou zijn haar eerlijk te beoordelen. Buitenlandse meisjes worden om deze reden vaak uitgenodigd om een nacht lang een tou'a te zijn, en dus als er mannen waren die zich zo geneigd haar volledig te beoordelen, konden ze haar een onfatsoenlijk aanbod doen zonder vergelding van de familie. De kava wordt geserveerd in rondjes uit kokosnootbekers en heeft een euforisch effect op de drinkers die vaak traditionele liefdesliederen zingen, begeleid door gitaar, en praten over de tou'a-talenten." Ana maakte eindelijk haar uitleg af.

Terwijl ze praatte, leerde Ana Susan geduldig hoe ze het drankje moest bereiden met Fu'u, een poedervorm van de Kava die gewoonlijk gereserveerd was voor de Tongaanse koninklijke familie en die Tui het hele jaar door met regelmatige tussenpozen had geïmporteerd. Het proces van het toevoegen van vloeistof en het kneden van de wortelpoeder tot vezelig deeg voordat de drank in de grote houten sierketel werd gemaakt, was behoorlijk intimiderend, maar Susan zette door tot het de perfectie naderde.

Ana nam haar vervolgens mee om zich fatsoenlijk aan te kleden voor de ceremonie en Susan was bang dat de avond te laat werd, maar de andere vrouw leek geen haast te hebben toen ze Susan hielp met uitkleden en modelleerde hoe ze de bloemenlei's over haar schouders en rond haar heupen moest plaatsen. het plaatsen van verschillende bloemen in haar haar. Voordat ze de isolatie van de kamers verlieten en hun weg vervolgden, hield Ana Susan beneden tegen en draaide haar om, zodat ze tegenover elkaar stonden.

'Hoewel de mannen geloven dat deze ceremonie helemaal om hen draait, en om hun dominantie over vrouwen, is dat helemaal niet zo', begon ze. 'Let goed op degenen die je vanavond dient, want eenmaal in de ontspannen toestand die kava teweegbrengt, zul je de ware aard van de man naar boven zien komen als hij zijn waakzaamheid laat varen.' Zoals altijd zweeg Susan als ze nieuwe informatie kreeg en kauwde op haar lip terwijl ze nadacht over wat Ana had gezegd. "Als een jonge vrouw het hof wordt gemaakt, zal ze de ware aard van de man zien als ze als Tou'a voor hem optreedt, als hij vasthoudt aan zijn woorden en overtuigingen of als hij slechte gedachten in zijn hoofd en daden heeft."

Susan knikte begrijpend en volgde Ana naar beneden, gekleed in niets anders dan de bloemenlei's en met opgeheven hoofd, wetende dat ze vanavond een belangrijke positie zou bekleden tijdens de ceremonie en dat ze gepast moest handelen. Ze gingen naar het achterdek, waar naaktheid werd benadrukt, en liepen naar de plek waar een groep van verschillende mannen in een cirkel op dezelfde lage kussens zat, waaronder de reus, Ruth en Sire. Ze zaten allemaal met gekruiste benen en lieten schijnbaar onbekommerd hun naaktheid zien, en een snelle blik om zich heen vertelde Susan dat niemand in de groep iets had om verlegen over te zijn.

Anna bleef achter in de kring staan en stond op enige afstand achter Ruth en glimlachte bemoedigend terwijl Susan plaatsnam voor de houten standaard met de ketel water erop. Ze nam haar zakje Fu'u en goot het in een kleine, ondiepe schaal die voor de ketel werd gezet, en terwijl de mannen weer om haar heen begonnen te praten, begon ze aan de ingewikkelde voorbereidingsceremonie. Zoals Ana haar had geleerd, bleef ze ongehaast en doorliep ze langzaam en zorgvuldig alle fasen terwijl de mannen om haar heen commentaar gaven op haar techniek. Uiteindelijk perste ze de eerste pollepel in een kokosnoot, ontvouwde zich vanuit haar knielende positie en presenteerde hem met gebogen hoofd aan Ruth.

Hij nam het op zijn beurt met een gelijkwaardig ritueel en proostte op zijn cultuur, zijn vrienden en de tou'a. Elke man volgde haar voorbeeld terwijl ze hem bediende en tegen de tijd dat ze klaar was met het bedienen van de laatste man in de groep ontdekte ze dat de oorspronkelijke beker die aan Ruth werd gegeven leeg was, en ze begon onmiddellijk aan de tweede ronde. Tijdens die tweede ronde stopten de opmerkingen over haar techniek en merkte ze dat ze bloosde toen ze commentaar gaven op haar lichaam, van de krullen in haar haar tot haar kale kut en de kleur van haar schaamlippen.

De tweede ronde werd langzamer genomen en ze merkte dat ze tijd had om te gaan zitten en in het drankje te roeren voordat ze werd geroepen om de kopjes opnieuw te vullen. Het brouwsel werd met elke ronde krachtiger en een van de mannen trok een gitaar omhoog en het zingen begon. Ze was verbijsterd door de prachtige harmonieën die deze mannen creëerden terwijl ze zongen .

In de kleine kokosnootbekertjes met halve dop pasten nauwelijks meer dan drie happen van de drank, maar Sire weigerde een derde terwijl de andere mannen verder dronken. Susan kon zien dat de mannen zich zichtbaar ontspanden onder de invloed van de kava, en hun gepraat werd onzedelijker in verband met haar lichaamsbouw en hoe het kleine sprookjesmeisje er onmogelijk mee om kon gaan om een van de aanwezige goedhangende mannen in haar kleine kutje te nemen.

"Ze is niet het naïeve meisje waar je haar voor beschouwt," grinnikte Sire. "De lul van haar laatste minnaar zou jullie in vergelijking allemaal op jonge jongens laten lijken." Er klonk gelach onder de mannen.

'Is dat zo,' herkende de man die Susan herkende en Bozo, die hen had ondervraagd toen ze eerder binnenkwamen, 'nou, ze is nu niet bij hem, misschien heeft hij het opgegeven om in dat krappe doosje te komen.' Susan voelde haar hart stilstaan toen de man over Robert sprak alsof hij nog leefde en liet haar hoofd zakken zodat niemand de pijn op haar gezicht zou zien.

'Hij stierf terwijl hij wist hoe goed het was, iets waarvan ik betwijfel of je het ooit zult weten,' mompelde Sire terwijl hij Susans reactie zag. Hij kon het rijzen en dalen van haar schouders zien terwijl ze diep ademhaalde om haar emoties te kalmeren.

'Hij heeft waarschijnlijk vermoord...' begon Boza met een kwaadaardige toon in zijn stem.

'Ik denk dat ik je Tou'a een aanbod zal doen dat ze niet kan weigeren,' zei Sire terwijl hij de nare woorden uit Bozo's mond afsneed. 'Als je dat goed vindt, Ruth?'

'Als je nog langer wachtte, zou ik mezelf hebben,' grijnsde Ruth en wenkte Susan naar hem voordat ze haar stevig omhelsde. "Je hebt het goed gedaan kleine fee, je hebt je prijs verdiend." Hij glimlachte: 'Help Ana met het eten voordat je dit aanbod hoort, je kunt het niet weigeren, alsjeblieft.'

De twee vrouwen droegen schotels met wat in de ogen van Susan op koolrolletjes en een soort dumplings leken, naar de mannen die met hun vingers aten. Toen ze naar Bozo ging, pakte hij haar hand waardoor het blad bijna omviel en hield haar op zijn plaats terwijl hij mompelde: 'Dus wat is er gebeurd, de oude suikerpapa kreeg een hartaanval voordat je hem voor al zijn geld kon afpakken, kleine slet?' Susan probeerde haar arm los te trekken zonder een scène te veroorzaken, maar dat was onmogelijk. "Ik ken jouw type; ik zou je een lesje moeten leren, maar dat zou je waarschijnlijk wel leuk vinden, nietwaar? Verdomde hoer," sneerde hij.

'Stop,' fluisterde ze uit haar mond, maar ze hoefde het niet luider te zeggen omdat ze zag wat er gebeurde. Sire stond al op, maar nadat hij door Ruth werd tegengehouden, ging hij op zijn plaats staan terwijl Ruth naar haar toe liep en met zijn vuist tegen de grond sloeg. Bozo's kaak zorgde ervoor dat hij achterover viel, Susan met zich meetrekkend en het dienblad met eten morste.

Het gebeurde allemaal zo snel dat ze voor ze het wist over Sire's schouder zat in zijn typische brandweermansgreep en dat hij met twee trappen tegelijk de trap op ging. Sire gooide haar op bed en ging even over haar heen staan kijken. 'Goed dat je kleren er zijn.'

'Het spijt me zo, Sire,' fluisterde Susan droevig, 'het was nooit mijn bedoeling...'

'Je hebt niets om spijt van te hebben,' zei hij vriendelijk terwijl hij voor de verandering op haar hurken ging zitten en op haar niveau kwam. 'Dit was geheel mijn schuld. Ik heb stomweg uw laatste Meester ter sprake gebracht. Ik dacht niet na, vergeef me.' Sire keek haar ernstig aan. 'Mijn excuses dat ik u in zo'n situatie heb gebracht.' Hij nam haar gezicht tussen zijn handen en kuste haar zachtjes. 'Eerlijk gezegd ben ik trots op je, omdat je besefte dat je op een grens zat en niet meer aankon.'

'Ik was gewoon geschokt. Ik bedoel, ik ben weggehouden van alle media of insinuaties over het leeftijdsverschil tussen Robert en mij. Ik heb er nooit echt over nagedacht hoe het eruit moet hebben gezien voor mensen die ons niet kenden.' Tranen glinsterden in haar ogen terwijl ze sprak. "Het spijt me echt dat ik je avond heb verpest, kava hoort ontspannend en euforisch te zijn, en ik heb het helemaal verkeerd gedaan."

'Dat heb je niet gedaan,' brulde Ruth vanuit de deuropening, waardoor Susan opsprong. 'Je blijft vannacht, we praten tijdens het ontbijt en je krijgt je prijs,' beval hij en schudde toen zijn hoofd naar Sire.

'Ik ben zo terug,' kuste Sire Susan's voorhoofd en volgde Ruth vanuit de kamer bij de deuropening. De figuren stonden opeengepakt en Susan voelde zich schuldig en beschaamd en liet haar hoofd hangen.

Ana kwam binnen nadat hij met een glimlach was vertrokken. "Wij vrouwen zien het ware gezicht van Kava, en het is niet altijd knap." De zacht gesproken vrouw glimlachte sluw; Over knap gesproken, er is iemand anders die wil zien dat je ongedeerd blijft door het incident." Ze ging opzij staan en een andere lange gestalte vulde de deuropening.

" Barry!" riep Susan uit. 'Ik bedoel, Sir Barry,' corrigeerde Susan zichzelf onmiddellijk, waardoor hij grinnikte.

"Hallo Susan," zei hij laconiek, "Gregory vroeg me deze keer bij je te kijken. Hij was niet erg onder de indruk dat je hier zou zijn. Ik daarentegen vind het geweldig, het eten is geweldig." Hij probeerde haar op haar gemak te stellen vanwege zijn plotselinge, onaangekondigde aanwezigheid.

"Ik heb nog geen tijd gehad om iets te proberen," zei Susan zachtjes maar met een glimlach. "Het zag er echter heel goed uit." Barry trok een wenkbrauw op bij haar woorden. En ze veranderde snel wat ze had gezegd. 'Ik bedoel, ik heb het tot nu toe zo druk gehad vanavond. Ik heb de laatste tijd alles gegeten wat ik te pakken kon krijgen. Ik kan niet wachten om weer naar de club te komen en weer van je menu te kiezen.' Barry lachte luid.

"Mooi, ik verwacht je zodra je terugkomt. Ik zal zondagavond iets speciaals voor je maken", knipoogde hij, "Kom, laten we wat gaan drinken." Hij strekte zijn hand naar haar uit en fronste zijn wenkbrauwen toen ze hem niet meteen aannam.

'Ik sta onder de bescherming en begeleiding van Sire, Wildman, dus ik moet echt wachten tot hij terugkomt voordat ik ergens heen ga,' kauwde Susan op haar lip en keek op naar Barry.

'Ik was vergeten wat voor een braaf meisje je was,' ging Barry naast haar op bed zitten. 'We wachten dan en dan kun je me vertellen hoe gelukkig je bent geweest sinds ik je voor het laatst zag. Kun je wat fantastisch eten bestellen voor als we beneden maken?" Barry sprak Ana aan.

'Natuurlijk,' zei ze en verliet de kamer. Barry had net als Andrew een gemakkelijke levenshouding. Op dezelfde manier waarop Andrew de strenge controlerende manieren van Robert in evenwicht had gebracht, leek Barry Gregory in evenwicht te brengen. Terwijl ze praatten, begreep ze waarom elke man de ander had uitgekozen om mee als mentor te werken, en ze glimlachte om de gelijkenis tussen hen. Susan had bijna een gesprek met Andrew kunnen hebben terwijl ze zat te praten over haar tijd met Sire.

Barry was blij dat ze een aantal van haar eigen grenzen had leren kennen en een veilig woord zou gebruiken als ze te ver ging. Hij was onzeker geweest over dit hele plan om het meisje te trainen met een verscheidenheid aan meesters uit de groep belanghebbenden, maar het was duidelijk dat deze keer met Sire op een aantal niveaus nuttig was geweest.

Sire kwam als een veel rustiger man terug en schudde Barry blij de hand, opgelucht dat het niet Gregory was die hen was komen ontmoeten in de kavaclub. In zijn eigen gedachten had hij gepland dat het Barry zou zijn die hen zou ontmoeten, maar hij kon er nooit helemaal zeker van zijn. Gregory leek zijn plichten zo serieus te nemen wat Susan betrof; de ontmoeting met hem bij James en Sarah thuis was oogverblindend geweest. -op zijn zachtst gezegd open.

Ze liepen samen terug naar beneden, terwijl ze door de bar aan de voorkant liepen. Susan was zich ervan bewust dat ze alleen gekleed bleef in de bloemenlei's die ze had gedragen tijdens het serveren van de kava. De orgiekamer was nog verder gevuld sinds ze 's middags binnenkwam, en er was overal actie om de porno te begeleiden die door de schermen boven de kleine meubels stroomde. Op weg naar de achterbar stond Susan op terwijl de mannen zich uitkleedden en om zich heen keken. De actie vanuit de orgiekamer had zich enigszins naar deze ruimte verspreid, zodat een koppel ineengestrengeld rond de spa lag.

Sire liep naast de bar en tilde Susan gemakkelijk op een hoge barkruk. Op uitnodiging namen ze het eten dat hen te wachten stond en keerden terug naar de mannen die nog steeds rond de kava-cirkel zaten te zingen en te drinken. In plaats van terug te keren naar het midden van de cirkel ging Susan tussen Sire en Barry zitten en had het gevoel alsof ze in een veilige luchtbel zat. Ruth voegde zich na een tijdje bij hen en blokkeerde haar zicht op de rest van de kamer door zijn enorme omvang, dus begon ze de mouw met tatoeages te bestuderen die Barry's linkerarm en de linkerkant van zijn bovenborst bedekten. Ze raakte gefascineerd door het ontwerp en haar ogen werden zwaar terwijl ze halfslachtig luisterde naar het gesprek om haar heen, totdat het gesprek zich weer volledig op haar en haar attributen richtte.

"Ik hoopte dat ze het gevoel zou ervaren hier vanavond gedeeld te worden. Ik geloof niet dat ze ooit eerder door meerdere partners is meegenomen en ik geloof dat ze een slet is die er heel erg van zou genieten," keek Sire op haar neer. , "Om nog maar te zwijgen van het feit dat ik het leuk zou vinden om ernaar te kijken." Susan voelde haar borst samentrekken van angst, maar de spieren in haar kut spanden zich van opwinding bij de gedachte dat ze in de orgiekamer zou worden gebruikt.

Het was met verbazing dat Sire haar ophaalde en aankondigde: 'Maar het lijkt erop dat het bedtijd voor de kleine is, als u ons wilt excuseren, heren.' Er klonk gemompel van teleurstelling uit de kring, maar niemand deed iets om hen ervan te weerhouden te vertrekken.

'Ik ben niet zo moe,' fluisterde Susan in Sire's oor terwijl hij naar de plek liep waar hij en Barry hun kleren in een kluisje hadden gestopt. Hij hield haar van zich af en keek haar in de ogen en beoordeelde haar woorden door haar ogen.

'Elk van die mannen heeft een verlangen geuit. Weet je zeker dat dit is wat je wilt?' Hij had zich omgedraaid naar de groep, zodat ze de mannen kon zien die naar hen zaten te kijken. "Het was een lange, veelbewogen dag en ik zal je hiertoe niet dwingen tenzij het iets is dat je wilt doen."

Susan knaagde angstig op haar lip, maar toen ze de opwinding in Sire's ogen weerspiegelde, knikte ze: 'Jij blijft en zorgt ervoor dat ik veilig ben en dat er voor mij gezorgd wordt, zodat ik niets te vrezen heb,' gaf ze haar gedachtenstem.

"Geloof me, kleine slet," grijnsde Sire en knikte naar Tui, die zijn lichaam van de lage stoel hees en de mannen naar de orgiekamer leidde. Hij ging voor naar een kleine, ronde omgeving naast de kleine bar die voor hem gereserveerd leek te zijn. Susan keek naar de actie die overal in de kamer plaatsvond terwijl ze erdoorheen liepen, met grote ogen terwijl ze probeerde de ingewikkelde madeliefjeskettingen te onderscheiden. Het leek erop dat geen enkel geslachtsdeel of borst met de hand, mond of lies onbedekt bleef en ze verwonderde zich over de sfeer van verlatenheid en het volume van het geluid dat haar omringde.

Sire zette haar op de lage ronde tafel midden in de ruimte neer en ze keek zenuwachtig om zich heen. Tua gaf Sire een blinddoek aan waarin ze de traditie uitlegde dat ze niet ziet wie het is die van de mogelijkheid gebruik maakt om de tou's uit te testen voordat ze haar familie een formeel aanbod doet om haar in zijn huis op te nemen. "Zoals met veel van de oude tradities past het niet echt in deze setting, maar ik geniet van het ritueel ervan en zou graag willen dat ze het draagt," glimlachte Tui naar haar en ze knikte instemmend.

Sire boog zich voorover om de blinddoek over haar heen te leggen en mompelde: "De eerste pik die je zuigt zal van mij zijn, daarna zal ik dichtbij blijven, dan ben je veilig."

'Ik weet het,' zei Susan, terwijl ze door haar verklaring haar vertrouwen in hem overbracht, terwijl ze het gebruik van haar gezichtsvermogen verloor. Ze voelde hoe Sire's handen haar optilden van de plek waar ze op haar hielen had gezeten om haar op handen en knieën te plaatsen. Ze ademde diep in en voelde een spanning langs haar ruggengraat lopen terwijl ze haar lippen lichtjes opende en de pik accepteerde die ze de afgelopen weken zo goed had leren kennen. Ze kon de waarderende opmerkingen horen mompelen over haar techniek en hoe diep ze de pik in haar keel nam terwijl ze gorgelde en kwijlde.

Barry keek toe, in tegenstelling tot Gregory had hij geen moeite met groepsseks en was hij aangenaam verrast toen er onder de mannengroep een schaal met condooms werd rondgedeeld. Terwijl hij zat, was hem verteld dat het doel van deze scène was om op het meisje te komen dat niet in haar zat, en haar te bedekken met het bewijs van hun opwinding en verlangen, zonder risico op impregnatie, net zoals de Japanners deden tijdens de bukkake-ceremonie. Hij zag hoe een jongeman achter haar stapte en een condoom over zijn pik rolde.

Sire trok zich grommend uit de mond van Susan en spoot zijn lading over haar gezicht terwijl ze jammerde en hijgde, terwijl ze zich weer in de neukbeurt stortte die ze kreeg van de jongeman die even enthousiast leek. Sire viel zwaar ademend achterover in een stoel terwijl een nieuwe pik zijn plaats bij haar mond innam. Hoewel ze dominant waren in hun eigen cultuur, waren maar weinig van deze mannen dominant in de zin van gebondenheid en vaderschap. Ze konden het verhitte lichaam van Susan zien trillen zonder het echte genot dat genot, vermengd met pijn, haar gaf. De man achter Susan trok het condoom uit en scheurde het af, terwijl hij naar haar hoofd liep terwijl hij haar gezicht omhoog trok van de pik die ze aan het zuigen was en zijn lading over haar tieten spoot terwijl ze gilde en naar adem snakte.

Terwijl ze haar losliet, viel Susan zwaar op de tafel en merkte dat haar hand haar op haar rug rolde. Ze voelde de pik weer langs haar lippen glijden toen een nieuwe pik haar kut binnendrong. Handen pakten haar borsten vast en plaagden de tepels en ze gorgelde van plezier terwijl ze hard werden geknepen. Als ze om meer had kunnen smeken, zou ze dat krijgen, omdat het kleine tintelende gevoel dat de prik haar gaf snel wegebde en haar opwinding ebde in plaats van zich op te bouwen tot de grotere hoogtepunten die haar zouden zien ontploffen in een orgasme.

"Deze tieten zijn nauwelijks de moeite waard om te neuken, maar als ik het me goed herinner, kleuren ze mooi," grijnsde Barry naar Sire en stak zijn hand uit om op de zijkant van de ene borst te slaan, en volgde deze snel met dezelfde naar de andere. Barry was echter nog niet klaar met haar, omdat hij precies wist hoe Robert was, kneep hij in haar tepels en draaide ze terwijl hij zich naar haar oor boog: 'Je houdt ervan, jij kleine slet, al dat neuken en zuigen, maar ik weet wat haar Hij liet haar tepels los en sloeg opnieuw op haar tieten, genietend van de gedempte kreten en kijkend naar haar lichaam alsof hij om meer smeekte.

Susan verstijfde even; ze was vergeten dat Barry daar was totdat ze zijn stem hoorde. De pijn ontbrandde in haar hersenen en ze botste tegen de man aan die haar aan het neuken was, die waarderend kreunde en voelde hoe haar spieren zich rond zijn pik spanden. Ze bloosde bij de gedachte dat Barry verslag deed van de gebeurtenissen van deze avond en voelde het sperma opdrogen op haar gezicht en tieten. Susan blokkeerde zijn stem voor haar nu koortsige brein en liet zichzelf genieten van de sensaties van de pikken en het zaad terwijl ze in het midden van een groep mannen lag als een gewaardeerd neukspeeltje.

Barry deinsde achteruit toen de twee mannen zich van haar terugtrokken en tegelijkertijd hun sperma over haar buik, tieten en gezicht spootten. Barry nam de controle over, trok haar terug naar haar handen en voeten en kwam ruw in haar binnen, terwijl hij zijn hand rond haar dij krulde en haar gezwollen klitje draaide. Ze schreeuwde het uit van pijn en plezier totdat ze weer tot zwijgen werd gebracht door de grote man Tui die zijn pik in haar keel ramde.

Susan liet haar kaak verslappen, niet wetende wiens pik ze zoog of wie haar neukte, maar ze vermoedde dat het Barry was die haar klitje martelde terwijl ze met zijn vrije hand op haar kont sloeg. Ze stond op het punt klaar te komen en haar lichaam trilde, haar knieën wiebelden op het tafeloppervlak. De klap ging door en Susan kwam hard met haar kut kloppend rond de pik terwijl ze het uitschreeuwde om de pik in haar keel waardoor de man voor haar luid kreunde en uit haar mond trok en haar nog een keer spetterde met zijn sperma. Haar gezicht voelde alsof er slijm uit droop toen de lul uit haar kut trok en zich naar de kleine donkere ster of haar kont richtte.

Een andere lul baande zich een weg langs haar hijgende lippen terwijl Barry naar voren duwde langs de strakke ring van haar anus. Susan huilde rond de lul, haar mondtranen vielen vrijelijk en vermengden zich met het sperma en het kwijl dat haar gezicht al bedekte terwijl ze doorging met klaarkomen terwijl de golven door haar lichaam rolden. Hoewel ze wist dat niemand kon zien dat haar ogen in haar hoofd rolden van het pijnlijke genot dat de onzichtbare mannen haar gaven, verloor ze zichzelf in de hoogte waar ze zweefde, terwijl ze niet meer wist hoe lang ze daar bleef.

Sire keek toe hoe Susans lichaam heen en weer schommelde tussen de twee mannen. Hij kon zien dat ze nu op een hoogte zweefde waar ze flauw zou vallen als de golven door haar lichaam bleven rollen. Hij stond op en legde zijn hand op haar middel om steun haar. De mannen die zijn beweging zagen, lieten zichzelf sneller klaarkomen dan ze anders misschien zouden hebben gedaan door weg te stappen, terwijl Sire haar zachtjes op de tafel liet zakken in een trillende kleverige plas sperma voordat ze hun eigen sperma op haar lichaam en gezicht smeerden.

Susan hijgde en jammerde terwijl ze langzaam weer op de grond viel, terwijl haar ogen fladderden toen de blinddoek werd afgedaan. Sire hielp haar met water drinken voordat hij weer naar zijn eigen stoel ging en het gesprek hervatte terwijl ze op de tafel in het midden van de kring lag te herstellen.

Susan deed haar ogen open bij de aanraking van een tedere hand en glimlachte zachtjes toen ze Ana naast haar zag met een houten kom en een doek. Haar zware oogleden gingen echter weer dicht en ze liet zich ontroeren door de zachte aanrakingen van Ana totdat ze in Sire's armen werd getild en naar boven werd gedragen.

Toen haar ademhaling weer normaal was geworden, wenste Sire zijn vriend welterusten en pakte haar op. Susan kroop dicht tegen zich aan terwijl Sire haar op ongebruikelijke wijze tegen zich aan hield terwijl hij naar de kamer liep die ze zouden delen. Het was erg laat en toen hij zag dat ze uitgeput was, haalde Sire haar bloemen eraf en legde haar voorzichtig in bed, gleed naast haar in en trok haar naar zich toe.

'Slaap nu, kleintje,' mompelde hij zacht.

*****

's Morgens aten ze ontbijt in de grote suite die Ruth met Ana bewoonde, waarbij de twee vrouwen de mannen bedienden met schalen met tropisch fruit en kleine schalen met geroosterde dikke stukken brood, evenals ham en eieren. Susan kreeg met veel ceremonieel een kava aangeboden en geserveerd, compleet met een waterkoker en een kleine, ondiepe kom op poten. Omdat hun reis nog een paar dagen zou duren, bood Barry aan om het voor haar naar haar appartement te brengen, en ze accepteerde het dankbaar nadat ze Ruth had beloofd dat ze zou oefenen en haar vaardigheden zou vernieuwen wanneer ze maar kon.

Ze verlieten de club via de voorbar toen ze werd tegengehouden door een hand op haar arm. Geschrokken draaide ze zich om en keek op naar het gekneusde gezicht van de man die haar de avond ervoor had aangesproken.

'Mijn excuses voor de manier waarop ik je heb behandeld, want je verdiende respect, en ik schaam me,' zei hij zachtjes.

'Mag ik even, alstublieft,' Susan had zich snel omgedraaid en keek op naar Sire en Barry, die hen achter zich voelde staan. Sire knikte kortaf, maar week niet van haar zijde.

'Ik besef nu dat je jezelf pijn moet hebben gedaan door de dingen te zeggen die je tegen mij hebt gedaan. Mijn Meester stierf terwijl hij me beschermde tegen een kogelregen; ik wist dat zelfs toen we niet samen waren, hij me beschermde; hij houdt van en beschermt me zelfs nu nog,' keek ze op naar Barry en Sire. "Hij zorgde ervoor dat ik wist hoe kostbaar ik voor hem was. Hij volgde me elke keer als ik voor een uitdaging vluchtte, hij sloot compromissen en vergaf me omdat ik dwaas was. Als je hart zo gebroken is dat het je in de war brengt, zoek haar dan en vergeef haar voor alles wat ze heeft gedaan, want er zijn nooit genoeg uren in een dag om ze te verspillen aan jaloezie en pijn."

De man stond verbijsterd toen Susan een hand opstak en die op zijn hart legde voordat hij zich omdraaide en het gebouw verliet. Het duurde even voordat Sire en Barry haar naar buiten volgden. 'Dat was heel goed gezegd, kleintje,' zei Sire glimlachend. 'Misschien heb ik je weer eens onderschat.'

"Ik denk dat iedereen dit meisje onderschat," omhelsde Barry haar. "Bel als je me nodig hebt, ik zie je over een paar dagen weer in de club." Susan zag hoe hij op zijn eigen fiets stapte terwijl ze op weg waren naar die van Sire en was dankbaar dat Gregory er niet was geweest om getuige te zijn van het tafereel van de avond ervoor, anders zouden al haar plannen onmiddellijk hun veto hebben uitgesproken.

Ze reisden nog een aantal dagen door de wilde bushlands en ontdekten rotsachtige uitstulpingen en prachtige verborgen watervallen, voordat ze uiteindelijk terugkeerden naar de bewoonde wereld en het einde van hun tijd samen inluiden.

*****

Susan werd wakker in haar eigen bed met de vrolijke deuntjes van de ochtendradio en voelde een vreemde eenzaamheid over haar heen komen. Ze knipperde met haar ogen zodat ze volledig wakker was en keek haar kamer rond. Ze wist dat ze moest verhuizen en dacht na over de enorme opslagruimte waarin Sire woonde. Dat was ook niet echt wat ze wilde. De waarheid wordt verteld; ze wist niet wat ze wilde, behalve dat ze hier niet omringd wilde zijn door alle dingen die Robert waren.

Ze rolde uit bed en strekte haar pijnlijke lichaam. Sire had haar de afgelopen dagen goed gebruikt en toen ze naar de badkamer liep, langs de spiegel, zag ze een aantal blauwe plekken die een dag of twee nodig hadden om te genezen. Terwijl ze haar ochtendritueel van een volledige lichaamsscheerbeurt onder een stomende douche doorliep, overwoog ze wat haar prioriteiten zouden zijn voor de volgende weken in de zakenwereld. Ze keek uit naar de uitdaging om met Alan samen te werken, en ze glimlachte terwijl ze haar haar droogde en make-up deed.

Nog steeds alleen gekleed in haar ondergoed ging ze naar de keuken op zoek naar iets voor het ontbijt. Ze had Sire een aantal beloften gedaan voordat hij haar gisteravond verliet, en een daarvan was dat hij goed zou blijven eten. Ze ontdekte zoals altijd dat haar keuken volledig gevuld was en terwijl ze Andrew, die over haar waakte, in stilte bedankte, was ze het ermee eens dat het leven hier zijn voordelen had, ondanks dat ze zich gevangen voelde door de herinnering aan Robert. Ze at ontbijtgranen en geroosterd fruitbrood voordat ze zich ging aankleden.

Ze was van plan al vroeg bij het bedrijf aan de slag te gaan, maar besefte dat ze geen idee had of er kantoorwijzigingen hadden plaatsgevonden en zelfs niet hoe ze daar zou komen. Ze ging ervan uit dat Alan vroeg thuis zou zijn en besloot naar de receptie te gaan en hen een taxi of een bedrijfsauto te laten bellen. Toen ze haar appartement verliet, zag ze dat de deur van Andrews appartement openstond en stak haar hoofd naar binnen.

"Goedemorgen, lief ding," begroette Andrew haar vanuit de comfortabele lounge waar hij zat met een gedrongen uitziende man. 'Ik heb gewacht tot je tevoorschijn kwam.'

'Goedemorgen meester Andrew,' zei Susan opgewekt. 'Goedemorgen,' voegde ze eraan toe terwijl ze de andere man begroette die ze niet kende.

'Dit is Lincoln,' zei Andrew ter introductie, 'hij zal je chauffeur zijn terwijl je in de stad bent.'

"Oh, ik weet zeker dat ik geen eigen chauffeur nodig heb. Ik dacht er net over om een kleine auto te kopen waarmee ik elke dag naar mijn werk kon rijden en misschien in het weekend naar huis", schrok ze van de aankondiging. "Mijn oude leek overleden, toen ik hem een paar weken geleden bij mijn ouders zag."

'Met verkeer en parkeren en zo is het gewoon beter', stelde Andrew haar gerust, terwijl hij oplegde wat hij wilde. 'Gregory of ik kunnen je naar huis brengen als je een weekendje weg wilt,' glimlachte hij. 'Het is altijd goed om Carla te zien als ik daar ben.

'O, oké, denk ik,' stemde Susan ermee in. "Ik wilde gewoon niemand in de problemen brengen als ik zelf graag rijd."

'Geen enkel probleem,' zei Lincoln, terwijl hij opstond. 'Anders zou ik geen baan meer hebben. Ik neem aan dat je dan klaar bent om te gaan?'

'Ja, alsjeblieft,' grijnsde Susan voordat ze zich weer naar Andrew wendde. 'Weet je of ze de kantoren al hebben veranderd?'

'Dat hebben ze gedaan, maar ga even langs bij Anne en Alan. Als je aankomt, verwachten ze je,' stelde Andrew voor. 'Het is goed dat je er weer bent, Susan. Eet vanavond met mij.'

'Ik had Barry min of meer beloofd dat ik vanavond met hem in de club zou gaan eten en dat hij me een nieuw gerecht zou laten zien dat hij aan het uitproberen was,' zei ze nadenkend.

'Ah, goed dat we elkaar daar kunnen bijpraten,' glimlachte hij, en ze kauwde op haar lip en vroeg zich af of Barry het erg zou vinden, maar ze vermoedde van niet en beantwoordde zijn glimlach. Hij stond naast hen op en bereidde zich voor om te vertrekken. 'Misschien kom ik morgenochtend binnen en zie ik de trucjes die gepaard gaan met je terugkeer.' Hij lachte even toen ze de afschuwelijke blik op haar gezicht zag. 'Het gerucht gaat dat je op het punt staat een vijandige overname te plegen,' lachte hij nog voller, 'en ik heb besloten dat ik dat wil zien.'

'Nou, weet je, met de steun van een prins uit het Midden-Oosten en zo,' zei ze luchthartig, maar innerlijk kreunde ze. Ze had gewoon gehoopt ongemerkt binnen te glippen en aan haar businessplan te beginnen waarmee een nieuwe carrière voor haar zou beginnen, een carrière waar ze erg naar uit had gekeken om van de grond te komen.

Ze had net twee weken doorgebracht zonder de constante herinnering aan Robert en de medelijdende blikken van haar vrienden en nu ze opnieuw met de realiteit ervan werd geconfronteerd, nam haar enthousiasme om terug te keren naar het bedrijf af. Ze haalde diep adem en pakte resoluut het kleine koffertje met daarin haar telefoon, portemonnee en veel lege ruimte. Vervolgens liep ze met de mannen naar de parkeerplaats onder het gebouw.

Andrew vroeg naar haar tijd met Sire tijdens de korte rit en beloofde hem meer te vertellen als ze elkaar die avond zagen. Susan wist niet zeker of ze veel van wat er gedurende de twee weken was gebeurd met Sire wilde delen. Ze was nog steeds in gedachten bezig met alles wat ze had geleerd, maar ze hield van Andrew en wist dat hij om haar gaf en alleen uit bezorgdheid om haar vroeg, dus had ze ermee ingestemd.

Ze kwamen het gebouw binnen via de foyer en zoals gewoonlijk werd Susan hartelijk begroet alsof ze hier altijd thuis had gehoord in de wereld van de grote zaken. Daarom glimlachte ze en begroette iedereen op zijn beurt. De lift was druk en kleine, zachte stemmen verwelkomden haar terug en zeiden dat ze blij waren dat ze er zo goed uitzag. Ze deed haar best om een beleefd gesprek te voeren en iedereen te bedanken, maar ze was dankbaar toen ze allemaal verschillende verdiepingen verlieten voordat ze de top bereikte.

Terwijl ze doorliep naar de executive suites, onderging Susan nog een ronde van begroetingen en praatjes, totdat ze uiteindelijk in de voorkamer stond en Anne omhelsde, die haar op afstand hield en haar kritisch aankeek. 'Moest je op weg naar boven de handschoen oppakken, nietwaar, lieverd?' Ze vroeg Susan terwijl ze haar voor de tweede keer omhelsde.

"Ja, maar ik denk dat het mij niet zou moeten verbazen. Het zal een tijdje duren voordat mensen eraan gewend zijn mij elke dag weer te zien. Ik kijk er echter erg naar uit om aan dit businessplan te beginnen", zei ze en haar enthousiasme verlichtte haar stem. .

'Ik ga inchecken bij Alan,' zei Andrew terwijl hij naar de deur van het kantoor liep. 'Jullie twee meiden, neem even de tijd, kom binnen als je klaar bent.'

Susan keek toe terwijl de deur van Alans kantoor open en dicht ging. Het voelde vreemd om te weten dat dit nu het kantoor van Alan was, terwijl het altijd dat van Robert was geweest. Ze was hier sinds kort na zijn dood niet meer geweest; toen ze een totale emotionele inzinking had gehad en haar plek hier bij het bedrijf was veranderd. Ze keek met nieuwe ogen rond in de wachtkamer die nu Annes kantoor was en ooit van haar was geweest.

Het was opnieuw ingericht en als ze niet de tijd had gehad om erover na te denken, had ze waarschijnlijk niet eens geweten dat het hetzelfde kantoor was; het was zo dramatisch veranderd. 'Ik vind het geweldig wat je hier hebt gedaan,' zei ze overdreven opgewekt.

'Ik ben zo blij dat je het goedkeurt,' Anne wierp haar opnieuw een taxerende blik toe. "Oh lieverd, we proberen allemaal gewoon verder te gaan, op onze eigen manier, het is oké om te voelen..."

'Ik weet het,' zei Susan zachtjes en stelde haar snel gerust. 'Het is echt allemaal geweldig!' maar haar enthousiasme klonk niet door in de toon van haar stem. Anne fronste haar wenkbrauwen en vervolgde snel: 'Het zal even duren voordat je gewend bent aan alle veranderingen, dat is alles. Je hebt het echt geweldig gedaan.'

'Zet je dan maar vast, lieverd,' Anne stapte achter Susan aan en pakte haar bij de schouders terwijl ze haar naar de deur duwde van wat ooit Roberts kantoor was. Susan legde even haar hand op de gesloten deur en vocht tegen de drang om op haar knieën te vallen voordat ze hem uiteindelijk opende en naar binnen stapte.

De veranderingen in het enorme kantoor waren opzienbarend en Susan stond net binnen de deur en voelde zich onzeker over zichzelf. Alan wenkte haar verder de kamer in en stond op van zijn bureau om haar te omhelzen. 'Hoe was je kleine avontuur? Ben je klaar om serieus aan de slag te gaan?' Zijn glimlach was breed en ze voelde de warmte van meer dan alleen zijn armen toen ze haar omhulden.

"Ik kijk er naar uit!" Susan piepte terwijl ze verpletterd werd in de omhelzing.

'Goed, ik heb wat plannen gemaakt voor deze week, maar eerst even je nieuwe kantoor en jij zult moeten beginnen met sollicitatiegesprekken voor een nieuwe assistent,' hij stopte met praten terwijl ze naar adem snakte.

'Kassandra komt niet terug?' vroeg ze verward.

'Ze zal hier zijn om je te helpen met alles klaar te maken, maar het is het beste als je iemand anders hebt, vooral voor de reis die je moet ondernemen,' zei Alan op een toon die klonk alsof dit geen onderhandelbare beslissing was en Susan kauwde nogmaals op haar lip en knikte lichtjes. Alan werd plotseling serieus: 'Andrew en ik hebben het erover gehad, en we willen geen gevaarlijkere contacten zoals die in het strandhuis. Cassandra is je vriendin en ze houdt zoveel van je, die dingen zorgen niet noodzakelijkerwijs voor een goede assistent. Begrepen?"

'Ja, meester,' zei ze zachtjes. Ze was verdrietig omdat ze dacht dat de gevolgen van haar eigen daden dit hadden veroorzaakt, maar misschien was niet alles verloren gegaan als een vermoeden van een idee dat zich in haar hersenen had gevormd.

'Goed,' hij schonk haar een van zijn jongensachtige grijns, 'nu heb ik een conceptschema voor deze week opgesteld, het zal een zwaar schema worden, maar we hebben nog veel te doen in een korte tijd voordat je verder gaat. weer een avontuur," hij wierp haar een plagerige blik toe. "Als er wijzigingen moeten worden doorgevoerd, is Anne de aangewezen persoon of Patrick bij haar afwezigheid.

Er was verwarring op haar gezicht te zien toen ze door haar hoofd ging en Patrick en Rhys vond van haar laatste reis naar het bedrijf. Ze glimlachte toen hij haar het conceptschema en een aantal andere kleine mapjes overhandigde.

'Dit is een korte lijst voor uw persoonlijke assistenten, dit is een lijst met mogelijke decorateurs voor uw nieuwe kantoor, dit', hij hield een koningsblauwe map omhoog, 'is uw bedrijfsplan met een behoorlijke hoeveelheid revisienotities en suggesties. Lees het vandaag aandachtig, we ontmoeten elkaar en beginnen morgen met het gladstrijken ervan." Hij was zo helder en zakelijk. Dus in tegenstelling tot de gemakkelijke Alan die ze altijd had gekend. Ze vermoedde dat het voor hem een moeilijke taak was om Roberts schoenen op dit gebied te vervullen, of misschien kwam het doordat ze in zakelijk opzicht nooit echt met hem te maken had gehad; hij was altijd zo ontspannen en gemoedelijk geweest in de buurt van Robert als zij daar was.

Terwijl hij haar weer in zijn grote armen sloeg, werd zijn stem een beetje zachter: 'Anne zal je helpen met de rest, ik weet zeker dat je je genoeg herinnert van het werken met Robert om je weg te vinden op de directieverdiepingen. Het is goed om je terug te hebben, waar Ik kan je vaker zien, kleintje; ik heb je gemist."

'En ik heb je gemist,' beantwoordde ze zijn omhelzing met heel haar hart. 'Het is maar goed dat ik vroeg kwam, het lijkt erop dat u een zware taak gaat krijgen, Meester,' lachte ze half lachend om hem te plagen. 'Ik denk dat ik dan maar mijn kantoor moet gaan zoeken,' zei ze opgewekt, en ze wilde nu gewoon aan de slag en nadenken over alles wat ze moest doen.

Alan zag haar weggaan. Hij maakte zich zorgen over hoe ze haar nieuwe functie in het bedrijf zou aanpakken. Robert had haar gekozen vanwege haar natuurlijke onderdanigheid, en daar was geen ruimte voor in de zakenwereld; ze zou uiteindelijk zelf een aantal moeilijke beslissingen en onderhandelingen moeten nemen. Hij vroeg zich af of ze besefte dat haar training hier net zo moeilijk en uitputtend zou zijn als die in haar andere avonturen.

Hij wendde zich tot Andrew: 'Hoe gaat het werkelijk met haar?'

'Ik lijk dat kleine meisje altijd te onderschatten,' haalde Andrew zijn schouders op. 'Ze is behoorlijk stoer op haar eigen manier. Denk ik dat ze over Robert en alles wat er is gebeurd heen is? Bij lange na niet, maar als ik moest wedden of dit plan van haar zou werken of niet, zou ik er een flink bedrag op inzetten. Het."

'Laten we hopen dat je gelijk hebt, mijn vriend,' Alan keek weer naar de deur die bezorgd op zijn gezicht stond.

*****

Susan volgde Anne naar buiten en door de gang naar wat Andrews kantoor was geweest, waar Patrick in de voorkamer aan een vroege ochtendkoffie zat te nippen. Toen hij ze zag, sprong hij op uit zijn stoel en haastte zich naar Susan toe.

"Susan! Lieverd!" ze grijnsde en omhelsde hem terug. "Ik weet dat ik zei dat ik niet zou bewegen, maar Meester wilde het zo graag en wie ben ik om te weigeren," rolde hij met zijn ogen. "Het is nog niet klaar, maar kijk eens, deze hele verdieping is de afgelopen twee weken alleen maar binnenhuisarchitecten en knappe handelaars geweest! Ik ben in de hemel geweest, lieverd!"

Susan giechelde en liet zich door de voorkamer naar het grote kantoor leiden dat identiek was ingericht als wat nu het kantoor van

Alan was. Rhys Muldoon begroette haar vanachter zijn bureau met een glimlach: 'Goedemorgen Susan, heb je een leuke pauze gehad?'

'Ja, dank u', ze wist niet zeker wat de juiste aanspreektitel zou zijn, maar omdat ze wist dat hij Patricks Meester was, koos ze voor de term 'meneer'.

"Ik kijk ernaar uit om met je samen te werken. Ik geloof dat we morgen een vergadering hebben", keek hij naar Patrick, die bevestigend knikte. 'Ik heb je plan gelezen, het heeft enige verdienste, maar ik heb een paar vragen die ik je graag zou willen stellen. Ze kunnen echter wachten, aangezien ik zie dat Patrick begint te pruilen, aangezien ik al te veel van je tijd in beslag heb genomen. We zien elkaar nogal eens terwijl jullie hier zijn." Hij wierp Patrick een strenge blik toe die boekdelen sprak, ondanks zijn vriendelijke, beleefde woorden tegen Susan. 'Zoals altijd leuk je te zien , Anne,' neigde hij zijn hoofd. 'Susan zal genoeg tijd hebben voor ooh en ah na al je harde werk, Patrick. Laat haar gaan en begin haar dag, ze heeft veel in te halen, nietwaar,' draaide hij zich om om haar aan te spreken.

'Dat doe ik zeker,' knikte ze, 'maar ik zou graag terugkomen als ik meer tijd heb,' glimlachte ze naar Rhys en toen naar Patrick. Het begon tot haar door te dringen dat ze zich in een precaire positie bevond. Ze was geen assistent meer, en ze was ook niet echt een van de leidinggevenden, ze was een soort toegeeflijkheid, zoals de rare neef die een baan had in het familiebedrijf alleen maar omdat ze familie waren. Ze haatte de gedachte dat een van de echte leidinggevenden vond dat ze haar plaats daar niet verdiende. Ze besloot dat ze aan het werk moest en moest bewijzen dat ze het waard was daar te zijn, voordat ze nog meer rondleidingen door de kantoren van andere mensen zou volgen.

'Ik zou heel graag mijn eigen kantoor willen zien vóór dat van iemand anders,' lachte ze luchtig. 'Sorry dat ik u stoor, meneer,' zei Susan op dezelfde opgewekte toon. De drie verlieten het kantoor en gingen terug naar de voorkamer. 'Het spijt me als ik je in de problemen heb gebracht, Patrick,' zei Susan zachtjes.

'Maak je een grapje? Dat was nauwelijks een halfslachtig gemopper,' grijnsde Patrick. 'En hij heeft gelijk: we gaan woensdag lunchen,' zei hij luchtig.

"Mijn agenda zag er behoorlijk vol uit", zei Susan, "ik weet het niet zeker..."

'Wie denk je dat het schema heeft gemaakt?' Hij knipoogde naar Anne.

'Je dacht toch niet dat ik dat ontwerp zou opstellen zonder er een lunch of twee bij te hebben , hè?' Anne klonk geschokt bij het idee, en Susan lachte.

"Eerlijk gezegd heb ik, afgezien van het feit dat ik mijn kantoor wilde opzoeken en naar dit schema wilde gaan kijken, eigenlijk nergens echt over nagedacht!" Ze rolde met haar ogen: 'Het is geweldig om jullie allebei te zien. Ik heb mijn vrienden nu meer dan ooit nodig, maar ik heb echt het gevoel dat ik aan de slag moet, anders kom ik in de problemen.'

'Oké lieverd, laten we gaan,' zei Anne en Patrick wenste haar succes terwijl ze naar buiten en door de gang liepen. Een paar beurten later gingen ze een kleine kantoorsuite binnen die eruitzag alsof deze onlangs was gerenoveerd. De nieuw geschilderde muren waren neutraal beige, net als het tapijt. De enige meubels waren het bureau en de stoel van een assistent, waarop een computer stond, en in het hoofdkantoor dezelfde opstelling, maar met de toevoeging van een boekenplank, ook geschilderd in hetzelfde beige als de muren.

'Het is een schone lei, lieverd, om de jouwe te maken, precies zoals jij het wilt,' gebaarde ze door de vrijwel lege ruimte. 'Ik heb een paar ideeën, als je me later wilt bijpraten, bel me dan gewoon. Wil je dat ik een paar minuten blijf? Of totdat Cassandra er is?'

'Nee, ik denk dat ik maar een paar minuten nodig heb om het allemaal te verwerken,' zei Susan terwijl ze zachtjes om het bureau heen liep en in de stoel ging zitten. 'Bedankt voor alles, Anne. Ik ben zo blij dat je dichtbij bent. Ik denk dat ik mijn vrienden de komende twee weken nodig zal hebben', glimlachte ze scheef. 'Je kunt maar beter teruggaan voordat Alan denkt dat ik zijn assistent heb gestolen, zodat ik zijn shortlist niet hoef te interviewen.'

'Kijk eens naar jou, jij bent de stoere zakenvrouw', plaagde Anne. 'Ik ben blij dat je eindelijk dichtbij genoeg bent om ook contact op te nemen. Je weet toch dat ik details van vorige week wil , toch?' vroeg ze lachend, waardoor Susan bloosde.

'Ja, jij en alle anderen', lachte Susan. 'Wat is er gebeurd met het niet kussen en vertellen? Het was geweldig, anders, maar geweldig.'

'Voor nu is dat voldoende', knipoogde Anne, zwaaide en liep het kantoor uit, Susan in haar gedachten achterlatend.

Ze keek de ruimte rond en wist dat de tijd met interieurontwerpers nauwelijks nodig zou zijn, ze wist wat ze wilde. Ze wist niet zeker hoe iemand anders erover zou denken, maar voor haar zou het perfect zijn. Wat ze daarvoor nodig had, was een projectmanager, of op z'n minst een inkoopfunctionaris, en ze vroeg zich af of ze daarvoor wel geld in haar budget had. Eerlijk gezegd had ze nu zelf genoeg geld om te doen wat ze wilde, maar haar leven hier in het bedrijf zou nooit zo gemakkelijk zijn terwijl ze onder toezicht stond van twee Meesters en moeite had om zichzelf te bewijzen.

Ze zou vandaag geen ophef maken; ze zou doen wat haar gevraagd werd, en iedereen interviewen. Ze nam haar conceptschema door en pakte vervolgens elk item op haar bureau en bekeek het. Ze had een nieuwe computer, een Android die duidelijk was gekoppeld aan de bedrijfsserver en al het schrijfmateriaal dat ze nodig had, lag netjes opzij opgestapeld. Nou dacht ze, geen tijd zoals nu, ze klapte haar zakenvoorstel open en staarde naar beneden in een zee van blauwe en rode markeringen en opmerkingen die over haar netjes getypte document waren gekrabbeld.

Ze had amper de helft van de eerste pagina gelezen toen Cassandra binnenkwam. 'Er is niet veel ruimte, hè?' Ze zei rondkijken; Susan gilde van verrukking, stond op en omhelsde de vrouw.

'Het spijt me zo dat ik je in de problemen heb gebracht, als ik had geweten...'

'Je zou nog steeds elke avond opraken,' lachte Cassandra. 'Maak je geen zorgen, problemen maken het leven interessant als je mijn leeftijd hebt bereikt.'

'Goed, want ik denk dat ik wat rond deze benauwde plek kan veroorzaken, en ik heb een schild nodig,' lachte Susan met haar mee.

'Wat fijn dat je er weer bent. Hebben we tijd voor een praatje?' Cassandra omhelsde haar opnieuw.

'Dat zullen we zo meteen doen, als je meteen kunt beginnen en vanmorgen wat telefoontjes voor me kunt plegen?'

'Natuurlijk, lieve meid, ik had niet gedacht dat je zo snel iets voor me klaar zou hebben,' was Cassandra een beetje verrast.

"Ik denk hier al een tijdje over na, dus ik sta te popelen om aan de slag te gaan," grijnsde Susan haar opwinding aanstekelijk, "en ik ben zo blij dat je hier bij me bent; ik heb een nieuwe functie voor je. Ik huur een nieuwe assistent in, als je wilt blijven, tenminste pat-time."

Cassandra was een beetje overweldigd; ze had de beslissing om haar als Susans assistent te verwijderen niet beargumenteerd; sterker nog, ze had dat gesprek met Alan op gang gebracht. Ze had zich minder geneigd gevoeld om weer fulltime te gaan werken, maar de mogelijkheid om op informele basis met Susan te werken was iets wat haar wel beviel, en dus had Alan ermee ingestemd de verantwoordelijkheid voor de verandering op zich te nemen, zodat Susan dat niet deed. Ik heb niet het gevoel dat een van haar vrienden haar in de steek liet. Ze had de reactie van Susan niet zo oprecht gevonden.

"Wat wil je dat ik doe?" ' vroeg ze, helemaal in de ban van Susans enthousiasme.

"Hier is de lijst met interieurontwerpers die ik zou moeten ontmoeten, bekijk ze eens voor mij, ik ben op zoek naar strakke lijnen, metaal en steen, beeldhouwwerk misschien, als ze allemaal rommelig en gezellig zijn of hout- en bloempatronen, annuleer dan. Ik weet wat Ik wil; ik heb alleen iemand nodig die het voor mij kan regelen,' zei Susan resoluut.

"Oké, wie ben jij en wat heb je gedaan met mijn besluiteloze, onzekere, lieve kleine Susan," lachte Cassandra.

"Ik wil deze Cassandra voor mij. Ik zal geen andere Robert vinden; dat besef ik," zuchtte ze, "en ik moet ze laten zien... Ik moet ze laten zien dat ik serieus ben over dit project en dat ik meer dan alleen maar een sub die Robert zich liet spelen als zakenvrouw." Ze voelde de tranen die ze al ruim een week niet had gehuild, weer opkomen.

"Mooi, laten we die arrogante klootzakken dan eens laten zien dat ze geen idee hebben met wie ze te maken hebben," nam ze de lijst uit Susan's hand. "Laat het me weten als je nog iets nodig hebt, juffrouw Biancotti," knipoogde ze, waardoor Susan giechelde.

Susan ging weer zitten en verdiepte zich in het zakelijke voorstel totdat de interne berichtendienst op haar computer tot leven kwam. Haar eerste geïnterviewde voor de functie van assistent was gearriveerd en was blijkbaar erg knap. Susan glimlachte terwijl ze terugtypte: 'Stuur hem maar binnen!'

Susan stond op toen de deur openging en Cassandra een lange, gespierde man binnenliet . Dit zou een patroon zijn dat Susan al snel ontdekte toen er elk half uur een andere sollicitant binnenkwam die meer op een lijfwacht dan op een assistent leek. Vijf van de zes sollicitanten waren mannelijk en tegen de tijd dat de laatste vertrok, was Susan niet meer achterdochtig over de korte lijst die Alan haar had gegeven. Ze had ook honger, ondanks de koffie en lekkernijen die Cassandra die lange ochtend had gegeven. Ze keek naar het conceptrooster en vervolgens naar haar horloge; De lunch stond pas over een uur gepland, dus om zichzelf af te leiden van haar rommelende buik riep ze Cassandra binnen.

'Dus wat is jouw oordeel, was dat de PA- of bodyguard-lijst?' Susan leunde achterover in haar stoel.

'Beide,' kakelde Cassandra, 'niet erg subtiel, hè?' Susan schudde haar hoofd. Cassandra keek haar slim aan: 'Oké. Dit is wat ik heb ontdekt.' Ze hield van Susan als een dochter en was trots op de manier waarop ze met zichzelf omging. Ze was niet van plan zich door Andrew en Alan te laten manipuleren. "De clubregels stellen nu dat, tenzij bewezen of uitgesproken door een clublid, elke nieuwe aspirant-Dominant een mentor moet hebben uit de elite van de club. Elk van deze mannen en vrouwen heeft onlangs allemaal een aanvraag ingediend bij de clubelite. " Ze liet Susan die informatie opnemen.

'Nu zijn er drie, geloof ik, onafhankelijke contractanten, ingehuurde krachten, professionele lijfwachten. Een van de anderen komt van oud geld en heeft een onafhankelijk inkomen uit investeringen; de ander is een privédetective en de vrouw was de enige die een man niet vertrouwde. Een oude dame zoals ik met haar geheimen. Geen van hen heeft deze baan echt nodig, maar het zou voor hen geen probleem zijn om deze op zich te nemen in plaats van wat ze momenteel doen om de wielen van de club te smeren.'

'Ik zie dat toegang tot de club, met bijvoorbeeld Andrew, de grote draak van de onderwereld daar als mentor, een prijs is die het waard is om op mij te passen,' zuchtte Susan.

'Ik ben er achter gekomen dat een van de gespierde mannen de avondschool heeft doorlopen om zijn diploma bedrijfskunde te halen,' voegde Cassandra eraan toe. 'Het is verbazingwekkend wat ze tegen de oude dame gaan zeggen waarvan ze denken dat hij hier uitzendkracht is.'

Susan schoof het cv van de bedrijfskundestudent over het bureau naar Cassandra. 'Ze zullen me er een laten kiezen, ongeacht wat ik denk van hun kwalificaties op de shortlist en laten we eerlijk zijn, die vrouw was gewoon eng,' huiverde ze. 'Bel hem terug,' ze tikte op het dossier, 'kijk of hij nog dicht genoeg bij het gebouw is om terug te komen voor nog een paar vragen.' Ze wierp Cassandra een boosaardige grijns toe.

Een kwartier later zat Susan tegenover Cassandra en Mark Braithwaite tegenover haar bureau. 'Heeft u over mij gehoord voordat u op deze baan solliciteerde, meneer Braithwaite?' Ze zweeg even: 'Mijn ongeluk in Italië, de nasleep ervan en hoe ik in mijn nieuwe functie binnen dit bedrijf terechtkwam?'

"Ja, en het spijt me zo voor uw verlies. Meneer Marino was werkelijk een groot man met alles wat hij tijdens zijn leven heeft bereikt", zijn woorden waren oprecht en dat was te zien aan zijn uitdrukking.

'Dus dit is wat ik weet,' begon Susan en vertelde de details van de overeenkomst die Alan met de sollicitanten had gesloten en waarover Cassandra haar had geïnformeerd. 'Waar of niet waar?'

'Dat is waar,' Mark keek haar in de ogen.

'En jij zou dit zien als een gemakkelijke oppasbaan, terwijl je een mentor hebt en meteen lid wordt van de MR. Club, waar of niet waar?' Susan sloeg haar blik niet neer.

'Dat is niet zo eenvoudig te beantwoorden met één enkel woord,' begon Mark en pauzeerde even. Toen Susan niets zei, ging hij verder. "Ik zag dit als een kans op zowel professioneel als persoonlijk vlak. Ja, ik zou lid worden en een mentor krijgen bij MR., maar ik zou ook helpen een gloednieuw zakelijk voorstel op te bouwen op basis van wat ik begrijp, en dat in Op zichzelf is dat al een opwindend vooruitzicht. Wat het oppassen betreft, verwacht ik dat omdat er zoveel mensen op je welzijn letten, je mij nauwelijks nodig hebt om dat te doen.' Hij keek Cassandra veelbetekenend aan voordat hij zich weer naar Susan wendde.

'Hebben ze je verteld wie je zou begeleiden?' om de een of andere reden was dit belangrijk voor Susan.

"Ik verwacht dat aangezien jij hier met de grote jongens gaat werken, ik alleen de beste introductie zal krijgen in de wereld van de grote bedrijven", ontweek hij haar vraag en hield het extra interview over de werkplek bij.

"En bij de Club?" ze drukte hem.

'Ik heb om Gregory gevraagd, ook al heeft hij er niet mee ingestemd,' gaf Mark uiteindelijk toe.

'Daar zou ik je misschien mee kunnen helpen; hij is aangesteld als mijn persoonlijke bewaker, dus ik weet zeker dat hij van iemand van binnen zou houden, om het zo maar te zeggen,' kromp Susan ineen bij de toon in haar eigen stem.

"Eerlijk gezegd dacht ik dat dit professioneel een goede baan zou zijn, en hoewel het vereenvoudigen van mijn weg naar de club een enorme bonus is, zou ik de twee net zo snel gescheiden willen houden", zei hij duidelijk gefrustreerd in zijn stem.

"Je beseft dat ik in hetzelfde gebouw woon als de club, en dat ik daar af en toe gezien wordt, wat het voor ons allebei erg ongemakkelijk zou kunnen maken", liet Susan het niet zo gemakkelijk los. 'Je weet dat ik daar als een onderdanige wordt behandeld. Zou je kunnen werken voor een vrouw die je graag aan de voeten van bijvoorbeeld Sir Gregory ziet zitten?'

"In dat geval hebben we natuurlijk basisregels nodig; misschien kan Gregory ons daarmee helpen, aangezien ik zowel daar als hier de nieuwe ben", keek hij haar serieus aan, "ik kan werk en spel gescheiden houden. entiteiten; dat heb ik altijd gedaan, en in mijn vakgebied is dat niet altijd gemakkelijk."

"Heb je tenminste kantoorvaardigheden?" vroeg Susan voorzichtiger, omdat ze merkte dat ze zijn ongecompliceerdheid leuk vond.

'Jij was nog niet zo lang geleden ook een bedrijfskundige, vertel me eens,' hij grijnsde haar brutaal terwijl hij haar liet weten dat hij meer over haar wist dan ze besefte.

Ze doorbrak de stijve zakelijke persoonlijkheid, wendde zich tot Cassandra en giechelde: 'Goh, hij had goede antwoorden, nietwaar?'

"Ik denk dat ik op hem zou kunnen passen terwijl hij zich thuis voelt, ik zou uiteindelijk liever parttime werken," grijnsde Cassandra en

Mark keek tussen de twee vrouwen door terwijl ze vrolijk praatten alsof hij er niet was. 'Bovendien is hij erg knap, dus het zal eigenlijk niet zo'n probleem zijn.'

Susan wendde zich tot Mark grijnzend: 'Wil je de baan nog steeds?'

Het was Marks beurt om te lachen. Hij had het idee dat hij het leuk zou vinden om met deze twee vrouwen te werken. "Ja, wanneer wil je dat ik begin?"

'Eigenlijk ongeveer drie uur geleden,' haalde Susan haar schouders op. 'Ik denk dat het nu te vroeg is? Je zou de andere sollicitanten kunnen bellen en hen het goede nieuws voor mij kunnen vertellen.'

'Tuurlijk, waarom niet,' grijnsde Mark naar haar. 'Ik had geen plannen gemaakt na dit interview vandaag.'

'Uitstekend,' zei Susan. Dat was beter gegaan dan ze had verwacht, en ze merkte dat ze de man aardig vond, ook al vertrouwde ze zijn motieven niet volledig. Ze vertrouwde en hield echter wel van de mensen die haar probeerden te beschermen door haar keuzes te manipuleren. Ze was niet boos, en ze was blij dat tenminste één van de sollicitanten echt geïnteresseerd was in het bedrijfsleven en het project waaraan ze op het punt stond te beginnen.

Een kwartier later liep Susan het buitenste kantoor binnen, waar Cassandra en Mark zaten: "Ik ga als een braaf meisje naar dit lunchding dat op de planning staat, loop met me mee Mark en ik zal je aan een paar anderen voorstellen, en je kunt alle goede roddels krijgen die ze mij niet vertellen.

Mark stond naast Susan en besefte hoe klein en tenger ze eigenlijk was. Hij had zich niet gerealiseerd dat hij achter het bureau zat, maar zijn grote postuur en lengte deden haar in het niet vallen terwijl hij naast haar liep. Ze leek zich geen zorgen te maken over de ongelijkheid en liep door naar de andere kant van de directieverdieping. Anne keek op toen ze binnenkwam, gevolgd door de grote man, met verbazing op haar gezicht.

'Dit is mijn nieuwe assistent, Mark,' stelde Susan hem voor. 'Dit is mijn goede vriendin Anne,' vervolgde ze. 'Kunnen jullie me even een momentje geven met...' ze haalde diep adem, 'Alan', ze had de Meester voor de eerste keer uit zijn naam geschrapt, en het voelde gewoon verkeerd.

'Natuurlijk lieverd, ga maar naar binnen,' glimlachte Anne.

Susan liep met zoveel bravoure als ze kon opbrengen het kantoor van Alan binnen. Ze vond het dubbel om Andrew daar nog steeds te zien en besefte dat hij hier ook was voor de lunch. Ze hadden opgekeken toen ze binnenkwam en haar naar de plek gewenkt waar ze comfortabel zaten. Ze ging op de rand van de bank zitten en keek hen hoofdschuddend aan.

"Wat is er mis?" vroeg Alan, en zijn bezorgdheid klonk door in zijn stem.

'Hoe moet ik je ooit volledig vertrouwen als je me niet eens wilt vertellen wat er aan de hand is?' vroeg ze kalm. 'Je dacht niet dat ik niet zou merken dat de King Kong van de lijfwachten arriveerde om mijn secretaris te zijn? En toen kwam ik erachter dat je hem überhaupt moest omkopen om daar te kunnen zijn,' eindigde ze droevig.

'Je gaat op reis. We moesten weten...' zei Alan op rustgevende toon, ook al was zijn humeur opgelopen achter de kalme buitenkant.

"Ik begrijp het echt, ik heb een paar domme beslissingen genomen en je hebt alle reden om er niet op te vertrouwen dat ik de laatste tijd betere beslissingen neem als ik alleen ben, maar een waarschuwing zou leuk geweest zijn", zuchtte ze. "Nu Ik zie er gewoon dwaas uit in de ogen van die mensen, hoe kunnen ze doen wat ik vraag als ze me niet kunnen respecteren omdat de baas denkt dat ik een babysitter nodig heb. Geen van hen wil secretaresse zijn van een kleine sub als ik, ze zijn allemaal alpha-types; zij bezitten kleine subs zoals ik, en niet andersom."

"Het is zoals het is," zei Alan en zijn ongeduld was lichtelijk zichtbaar. "Kies er maar één, ik laat je niet in je eentje door het platteland rondscharrelen en omgaan met mensen in de fetisjindustrie."

'Zoals ik al zei, ik begrijp waarom u het deed, Meester, en ik hou er daarom van. Als ik een van deze gorilla's kies, kan ik Cassandra dan parttime houden als projectmanager? Ik heb een idee om monsters op mijn kantoor te bewaren en Nou, met de renovatie kon ze de persoon die ik kies helpen met de kleine minpuntjes die zich onderweg voordoen, ze heeft zoveel ervaring met alle dingen... uhm in het bedrijf.

'Parttime, niet reizen,' onderhandelde Alan.

'Ja Meester,' Susan gaf hem een oogverblindende glimlach. "Bedankt Meester," ze stond op, "Een momentje alstublieft, Meester."

Andrew had niets gezegd terwijl hij Susan zag manoeuvreren om haar zin te krijgen. Hij was helemaal niet verrast toen een grote man haar volgde terug naar Alans kantoor, en zij hem voorstelde als haar nieuwe assistent. Andrew stond op om hem de hand te schudden en zichzelf voor te stellen voordat hij naast Susan ging staan, terwijl hij laag in haar oor fluisterde: 'Nog zo'n stunt en als Alan dat niet doet, geef ik je een pak slaag op je brutale kleine reet.'

Susan bloosde toen Alan zijn minzame glimlachende gezicht naar haar toe draaide nadat hij Mark had begroet en er een frons van maakte. Ze keek op haar horloge, haalde diep adem en opende haar mond om iets te zeggen, maar Alan hield zijn hand omhoog en gromde onheilspellend: 'Wees heel voorzichtig met wat je nu zegt, kleintje.'

"Ik weet wat hem bij de club is beloofd en ik wil er zeker van zijn dat er enkele regels zijn ingevoerd om umm... ongemakkelijke situaties te voorkomen..." Susan snelde hoe dan ook door en bloosde diep.

'Wat voor regels? Je bent er zelden, behalve om af en toe te eten,' vroeg Andrew nieuwsgierig, waardoor Alan de moeite bespaarde van het inslikken van de explosie die op het punt stond over te koken.

"Zelfs toen," ze raakte de ketting om haar nek aan, is er een hiërarchie, ik ben wat ik daar ben, en ik moet hier, nu, in mijn eigen kantoor, bij hem een beetje anders zijn, "zei ze de hele tijd onzeker. bravoure waar ze zich vanochtend aan had vastgeklampt, nadat ze was verdwenen onder de blik van de twee Meesters die ze respecteerde en moest gehoorzamen.

Maar het was Mark die het woord nam en zag dat ze onder hun aandacht verwelkte: "Ik had gedacht dat als Gregory ermee instemde mij als mentor te begeleiden, hij misschien het best geplaatst zou zijn om enkele regels voor te stellen over de tijd die ik daar doorbreng. Ik ben redelijk serieus in het behouden van mijn professionele en professionele vaardigheden." persoonlijke kanten nogal van elkaar gescheiden."

'Klinkt redelijk,' kon Alan, hoewel nog steeds ontevreden over haar aanpak, nu zien in wat voor lastige positie hij en Andrew Susan hadden gebracht. De mensen in het bedrijf, die deze specifieke levensstijl leefden, hadden banen die het beste bij hun positie pasten. deel, en hij kon zien dat dit spanning in de werkrelatie zou kunnen veroorzaken. Hij wist ook dat de recente copycat-bedreigingen tegen de club en het bedrijf niet specifiek tegen Susan waren gericht, maar hij kon nog steeds niet riskeren dat haar iets anders zou overkomen. De man die hem had vertrouwd, vriendschap met hem had gesloten en hem vrijwel alles had gegeven wat hij nu had, had hem zijn kostbaarste bezit toevertrouwd: Susan. Hij voelde nu een sterke band met haar en hij zou ervoor zorgen dat ze succesvol zou worden in het zakenleven, ongeacht waar haar huidige reis in de levensstijl haar naartoe bracht.

'Kom rond zes uur naar de club, dan kun je bij ons komen eten en dan kunnen we erover praten,' zei Andrew terwijl hij in gedachten nadacht over wat er was gezegd. Eerlijk gezegd kon het hem, nadat hij eerst Kitty en daarna Robert had verloren, niet schelen hoe lastig of ongemakkelijk het voor haar werd; ze zou veilig blijven zolang hij haar voogd was.

Susan keek naar de twee mannen die er op dit moment niet blij uitzagen met haar en verlangde opnieuw naar de vrijheid die ze bij Sire had gevoeld, buiten de kooi die Robert na zijn dood voor haar had gebouwd. Ze beet op haar lip terwijl ze naar hen keek, denkend aan haar vrijheid en gelovend dat ze nog iets te zeggen had. Alan ging weer zitten.

'Ik zie dat er nog meer te onderhandelen valt,' keek hij naar Mark en toen weer naar haar.

'Eigenlijk is het meer een vraag,' zweeg ze even, 'ik heb na de lunch een afspraak met interieurontwerpers volgens mijn schema.'

'Ja,' zei Alan langzaam terwijl hij een wenkbrauw optrok.

"Nou, met welk budget moet ik spelen?" Ze glimlachte even naar hem en probeerde de stemming te verlichten door te zeggen: 'Zie je, ik heb dit met diamanten ingelegde bureau op het oog...'

'Als het niet zo onhandig was om Mark te zien hoe jij gestraft wordt omdat je een snotaap bent, zou je nu over mijn knie zitten,' gromde Alan, terwijl zijn humeur sudderde onder zijn kalme uiterlijk.

'O, let maar niet op mij,' Mark hield zijn handen omhoog, 'als je denkt dat ze het verdient, wie ben ik dan om daar tegenin te gaan. Als het echter iemand anders was dan jullie twee gewaardeerde heren, zou ik het als mijn plicht beschouwen om tussenbeide komen, totdat haar voogden natuurlijk op de hoogte waren."

'Goede man,' lachte Andrew en verbrak de spanning. Hij stond op en liep erheen, pakte Susan op en ging beschermend met haar op zijn schoot zitten. Hij kuste haar voorhoofd. "Op de een of andere manier denk ik niet dat een met diamanten ingelegd bureau jouw stijl is."

'O, ik weet het niet, ik zou het op z'n minst een week of twee kunnen uitproberen,' grijnsde ze naar hem.

'Ik denk dat je tijd bij Sire je in een sukkel heeft veranderd,' grinnikte hij. 'Je herinnert je nog de deal die we met Gregory hebben gesloten voordat je vertrok. Hij zal meer doen dan je alleen maar bedreigen, hij zal je disciplineren als dat nodig is en door Gezien de blik op Alans gezicht schaats je misschien op glad ijs."

'Ja, Meester Andrew,' zei ze zachtjes, nadat ze eraan herinnerd was in te stemmen met Gregory's discipline als een van de Meesters haar gedrag onaanvaardbaar zou vinden.

Er werd zacht op de deur geklopt en Anne stapte naar binnen en wachtte op ontvangst. Alan knikte en ze zei zachtjes: 'Rhys, David en Jeremy zijn er allemaal, Meester.'

'Dank je, Anne. Neem Mark mee naar wat je ook van plan bent met de andere assistenten,' zei Alan terwijl hij naar de jongeman keek die gemakkelijk opstond en de kamer verliet. Hij had het stille vertrouwen van een man die zich in elke situatie op zijn gemak en zelfverzekerd voelde. Voor Alan sprak het boekdelen en het feit dat hij oprecht geïnteresseerd leek in de zakelijke kant van de zaak maakte nog meer indruk op hem.

Alan had de biografieën van de kandidaten die de shortlists hadden gemaakt praktisch uit zijn hoofd geleerd. Hij was onder de indruk dat Susan voor Mark had gekozen. Net als hij kwam Mark uit een achtergrond die beter geschikt was voor vechtpartijen dan voor zakendoen, maar hij had hard gewerkt om er uit te komen. Toen deze man eenmaal op de goede weg was, dacht Alan, was hij niet meer te stoppen en nadat hij hem van aangezicht tot aangezicht had ontmoet, overwoog hij aan te bieden hem zelf als mentor aan te bieden.

*****

De lunch was voorbijgevlogen toen Susan de andere senior managers ontmoette en hartstochtelijk het uitgangspunt van haar bedrijfsplan uiteenzette. Ze was het ermee eens dat er veel werk te doen was en dat er een lange weg was tussen het hebben van een idee en het verwezenlijken ervan, maar ze sprak met overtuiging en absolute zekerheid dat ze geloofde dat het niet alleen mogelijk was, maar ook winstgevend zou zijn.

De middag was net zo snel voorbijgegaan toen ze haar plannen voor het kantoorinterieur en de voorkamer waar Marks bureau stond, besprak met de ontwerpers en haar beide assistenten. Haar bruisende enthousiasme, dat nog steeds overvloeide van het lunchgesprek dat ze met de leidinggevenden had, was aanstekelijk voor iedereen die de kantoorruimte binnenkwam. Ze had het exacte bureau dat ze wilde op de meubelsite van Jova als bladwijzer geplaatst, en hoewel de winnende binnenhuisarchitect niet beschikbaar was, wist ze waar ze een soortgelijk stuk op maat voor hen kon laten ontwerpen.

Er werd contact opgenomen met een kunstenaar en alles leek op zijn plaats te vallen, dus aan het einde van haar eerste dag bij het bedrijf was ze gelukkig. Blij om daar te zijn, blij met de beslissingen die ze had genomen, blij zelfs dat haar gedachten afdwaalden naar Robert en wat hij zou denken van alles wat ze deed. Ze glimlachte toen Mark binnenkwam: 'Wat een dag.'

'Het is nog niet voorbij, en als het goed is, zou ik nu graag willen vertrekken, zodat ik genoeg tijd heb om naar huis te gaan en me om te kleden voordat ik Andrew vanavond ga ontmoeten voor het avondeten?' Mark trok aan zijn jasje.

'Goh, kijk eens naar de tijd; het spijt me zo, je had al eeuwen geleden weg kunnen gaan, ik was verwikkeld in de plannen en details,' kabbelde ze haar verontschuldigingen naar hem toe en hij pakte haar hand vast en klemde die stevig in de zijne.

"Hé, het is oké! Jij bent de baas, weet je nog, en ik ben net zo enthousiast als jij om het allemaal vanaf de grond af te zien gebeuren," zei hij. 'Ik ben gewoon blij om hier te zijn, dus ik zie je bij de club voor het avondeten en maak je geen zorgen, we komen wel tot een oplossing.' Hij liet haar aan haar gedachten over. Ze keek naar haar eigen pak en vroeg zich af of ze zich ook moest omkleden voor het avondeten. Ze voelde zich plotseling onzeker over het feit dat Mark haar zag in enkele van de meer onthullende items in haar kledingkast, maar ze wist dat ze zich moest omkleden en opfrissen.

Ze belde het nummer dat ze had gekregen van Lincoln, die ermee instemde haar voor het gebouw te ontmoeten, pakte haar koffertje, stopte de bestanden waaraan ze had gewerkt en voegde haar Android toe. Ze liep naar buiten en sloot de deuren van het kantoor, niet dat daar nog iets was om zich zorgen over te maken, maar eindelijk had ze haar eigen ruimte en de planning daarvoor vanmiddag had haar het gevoel gegeven dat ze er eigenaar van was. Ze stond op de lift te wachten en dacht nog na over haar plannen. Ze had meer zelfvertrouwen over wie ze was en wat ze deed dan ooit in haar leven. Het kwam nooit bij haar op dat dit waar was omdat ze eindelijk beslissingen voor zichzelf nam, vooral omdat er zoveel mensen om haar heen waren die de beslissingen die ze nam beïnvloedden.

'O, mooi, je bent nog niet weg,' onderbrak Anne haar gedachten terwijl ze verschenen in de kleine ruimte waar Susan wachtte. 'Meester, ik zou u graag willen zien voordat u vertrekt.' Anne leek geïrriteerd en greep haar hand en rende bijna terug naar haar bureau, en liet Alan weten dat Susan daar was en op hem wachtte.

'Ga maar naar binnen', zei ze zachtjes,' maar ze ontmoette Susan niet helemaal in de ogen, wat haar ongerust maakte en op haar lip begon te kauwen toen ze de deur opende en Alan's kantoor binnenliep. Hij stond met zijn armen over elkaar op de rand van zijn bureau geleund.

'Daar,' wees hij naar een plek op het tapijt zo'n twee meter van hem af, 'op je knieën.' Zijn stem was niet hard, maar bloedserieus.

'Vandaag heb ik twee dingen bewezen, kleintje,' begon Alan terwijl ze voor hem knielde. 'De eerste is dat je een slimme, capabele jonge vrouw bent, en net zo stoer als Robert altijd zei dat je was.' Hij bleef even staan kijken hoe ze met een bezorgde uitdrukking op haar lip beet. 'De tweede is dat je veel te lang veel te toegeeflijk bent geweest. Robert was in zekere zin jarenlang mijn idool. We hadden onze meningsverschillen, dat is waar, maar ik heb altijd zijn passie en scherpe gevoel voor wat het was om te wees de beste en eis het beste van iedereen die het dichtst bij hem staat."

Hij deed een stap naar haar toe: 'Wat denk je dat hij vandaag van jouw uitvlucht zou hebben gevonden? Ik heb op geen enkel moment gezegd dat Cassandra niet in een parttime functie zou blijven. Sterker nog, dat heb ik vanochtend precies gezegd; dat ze zou blijven om je te helpen, alleen niet als je fulltime PA." Zijn stem was nors geworden en toonde zijn woede en teleurstelling. Hij was tevreden met de blos die over haar wangen kroop en de teleurgestelde blik op haar gezicht.

'Toch kwam je hier nog steeds binnen en probeerde je je zin te krijgen door schattig en lief te zijn, terwijl het niets meer was dan een uitvlucht bedoeld om je eigen zin te krijgen,' staarde hij haar strak aan. 'De Susan die ik ken en, nog belangrijker, het meisje waar Robert van hield en die hij begon te trainen, zou nooit zo'n kreng zijn geweest. Je vraagt wat je wilt, ik zal je vertellen of je het kunt krijgen.' Zijn stem was boos geworden: 'Ik zal niet met je onderhandelen, en ik zal ook geen andere brutale stunt als vandaag tolereren. Maak ik mezelf duidelijk?'

'Ja Meester,' zei Susan met grote ogen naar deze andere kant van Alan. "Het spijt me zo, Meester, u heeft gelijk." Ze nam niet de moeite om haar gedrag uit te leggen, ze wist dat hij gelijk had, en Robert zou het niet leuk hebben gevonden hoe ze te werk ging om te krijgen wat ze wilde.

'Ik ben hier de directeur; zelfs Rhys is zo beleefd om zijn plannen aan mij over te laten, en ik vertrouw erop dat hij zijn afdeling autonoom zal leiden,' liet hij sissend ademhalen. 'Je plan heeft verdiensten en ik zou je graag willen helpen het te verwezenlijken, maar weet dat als je nog een keer over de grens stapt en vergeet wie ik hier ben, het kan en zal worden weggenomen.' Hij schudde teleurgesteld zijn hoofd: 'Ik kende Robert en wat hij voor je wilde, namelijk niet een verwaande kleine slet zijn, die haar onderwerping gebruikte, of haar schoonheid als wapen om haar zin te krijgen, en jij zult iemand helpen die ik kies. Neem het over. Je bent een mooie en sterke jonge vrouw. Je inzending is een geschenk, geen ruilmiddel dat gebruikt kan worden als middel om een doel te bereiken. Als je toegeeflijkheid wilt, ga dan naar Andrew, hij lijkt te genieten van je nieuw gevonden brutaliteit, maar het meisje dat ik ken en liefheb, het meisje dat Roberts hart veroverde en al onze werelden hier veranderde, zou nooit zo handelen."

Alan had bijna toegegeven aan zijn uitschelden tegen haar toen de tranen langzaam over haar gezicht stroomden. 'Herinner je wie je werkelijk bent en zou moeten zijn,' zei hij op zachtere toon. Hij liep naar haar toe , bukte zich en tilde haar voor zich op. Hij streek met zijn hand om de ketting die om haar nek zat: 'Je bent niet zomaar een meisje. Je bent speciaal en belangrijk voor veel mensen. Je bent hier niet zomaar een stagiair; je bent een partner en een leidinggevende in je eigen land. Juist. Je moet een balans vinden en aan de verwachtingen van Robert voldoen , want van ons allemaal kende hij je ware potentieel het beste en gaf hij je deze kans om te schitteren.'

Hij nam haar in zijn armen. "Ik heb Andrew gevraagd zich terug te trekken uit je opleiding in het vak, en hoewel ik me zorgen maak, zal ik me terugtrekken uit je behoefte om deze levensstijl en de verschillende facetten ervan te verkennen. Ik weet wie je bent", trok hij haar weg van zijn lichaam. en keek haar in de ogen, "en dat is niet een van James of Sire's kleine snotneuzen. Dus laten we dat achter ons laten." Hij kuste haar voorhoofd. "Als je iets wilt, kom je bij mij met een goed doordacht voorstel. Laat mij de ontwerpen en kosten zien voor de kantoorinrichting die je plant en ik keur de begroting goed, maar ik geef je niet zomaar een onbepaalde begroting, om speel mee, zoals je het zo welsprekend verwoordt."

'Ja meester,' zei Susan met een onvaste stem.

'Goed,' Alan keek op haar neer, 'ik wil je niet te laat maken voor het diner dat je vanavond hebt gepland, dus je kunt gaan, maar...' hij liet een kleine glimlach op zijn gezicht verschijnen terwijl hij de boodschap afleverde. zijn eigen, zo hoopte hij, verrassende wending, zoals ze eerder had gedaan. "... volgens uw trainingsovereenkomst met de Masters die voor u zorgen, zal Gregory u vandaag straffen voor uw ongepaste gedrag." Susan hapte naar adem en keek hem in de ogen om te zien of hij een grapje maakte, maar er was geen leugen in zijn ogen.

'Hij is op de hoogte gebracht, en aangezien Robert zijn vriend en mentor was,' werd de glimlach van Alan breder en hij liep met haar naar de deur van zijn kantoor. 'Ook hij was erg teleurgesteld in jouw gedrag.'

'O nee,' Susan liet haar hoofd zakken en voelde een huivering van verwachting langs haar ruggengraat lopen.

'Ik zie je morgenochtend, kleintje. Ik wil dat je vanaf nu elke dag bij mij incheckt als je weggaat,' zei Alan terwijl ze de voorkamer binnenstapte. "Kom binnen Anne alsjeblieft." ' zei Alan, en Anne sprong op en sloot de deur achter zich, waardoor Susan alleen met haar eigen gedachten achterbleef terwijl ze langzaam naar de liften liep. Alan was niet van plan Susan een schouder te geven om op uit te huilen; hij had haar nodig om na te denken over wat hij zojuist had gezegd.

'Wat had ze gedacht?' ze hekelde zichzelf. Alan was de directeur, de baas, natuurlijk moest ze de dingen op zijn manier doen; ze was een snotaap geweest, en nu wist Gregory het. Gregory had met al zijn ridderlijkheid en rechtvaardigheidsgevoel hen beiden teleurgesteld en het ergste van alles was dat ze, nu het duidelijk was geworden, teleurgesteld in zichzelf was. Ze gaf toe dat alles wat Alan had gezegd waar was. Robert zou haar nooit een snotaap hebben laten zijn, in welke vorm dan ook. Ze knipperde snel en perste de tranen uit haar ogen terwijl ze door de foyer naar de wachtende auto liep.

Lincoln deed glimlachend de deur voor haar open en mompelde: 'Alles in orde, juffrouw Biancotti?'

'Noem me alsjeblieft Susan, ik... het gaat goed,' ze glimlachte half en verdween in de auto.

*****

Ongemerkt had een lange man toegekeken toen Susan het gebouw verliet. Hij zag de verdrietige blik op haar gezicht, alsof ze had gehuild. Hij stapte op zijn motor, reed het verkeer in en volgde de zwarte auto die haar vasthield. Nadat hij hen had zien verdwijnen in de parkeergarage onder de club, brulde hij weg. Het was genoeg dat hij wist dat ze terug was, en dat hij wist waar hij haar kon vinden. Voor nu...

*****

Susan knielde op een kussen in de managerskamer, haar ogen op de grond gericht. Ze had erover moeten praten, met een plan naar Alan moeten gaan, besefte dat er meer in hem zat dan de gekke slimme man die ooit met haar moeder had geflirt. Hij was de CEO van een van de rijkste bedrijven van het land en ze had hem respectloos behandeld, omdat ze dacht dat ze zo slim was met de stunt die ze uithaalde om Cassandra dichtbij te houden. Haar gedachten wisselden tussen blij zijn dat Cassandra zou blijven en verdriet over de manier waarop Alan, haar vriendin en voogd, zo teleurgesteld naar haar had gekeken.

Gregory zat in een stoel recht voor Susan en genoot van het moment. Sinds de gevaarlijke contacten had ze hem aangemoedigd, terwijl hij zich in het strandhuis zorgen had gemaakt dat de andere Meesters zich buitensporig aan haar grillen hadden overgegeven. Hij was blij geweest toen ze enige verantwoordelijkheid voor haar eigen leven had getoond, totdat ze iemand anders vond die haar onderwerping zou koesteren, en hij was zelfs nog gelukkiger dat hij degene zou zijn die voor haar veiligheid zou zorgen. Haar terugkeer met dit soort houding was echter niet verwacht, en hij was van plan ervoor te zorgen dat ze wist dat dit hoogst onwenselijk was.

In tegenstelling tot de andere vrienden van Robert had hij geen resterend gevoel van toegeeflijkheid tegenover haar verdriet. Ze was naar hen toe gekomen met haar plan om verder te gaan, en ze had zich daartoe bereid getoond. Hij twijfelde er niet aan dat Robert en de lessen die hij haar leerde voor altijd bij haar zouden blijven, maar als ze ooit haar plek weer zou vinden, was het tijd om verder te gaan en de mogelijkheden om haar heen te verkennen. Hij hield de teleurgestelde blik op zijn gezicht terwijl hij haar aansprak.

'Wat nu? Krijg je driftbuien als de Meesters je niet je zin geven?' ' zei hij met harde stem. "Jezelf op de grond gooien en met je voeten trappen?"

'Nee, Sir Gregory,' zei ze zachtjes en riskeerde een blik naar hem op te werpen om de oprechtheid te tonen waarvan ze hoopte dat ze in haar ogen straalde. 'Ik...' ze weerhield zichzelf ervan excuses te maken.

"Wat ben je precies?" Gregorius gromde. 'Besloten om Cassandra vroeg in het graf te stoppen? Besloten om het feit te negeren dat Alan had gezegd dat ze er zou zijn om te helpen, maar je had een andere PA nodig vanwege al het reizen? Kwam het überhaupt bij je op dat dit niet over jou ging? maar eerder iets waar Cassandra om vroeg?' Gregory wist dat Cassandra niet wilde reizen en een hekel had aan vliegtuigen; hij wist dat Alan haar had gevraagd te blijven als gunst voor Susan. Hij was boos dat het meisje aan zijn voeten deze dingen niet eens had overwogen, maar eerder mensen die om haar gaven had gemanipuleerd om haar zin te krijgen.

'Cassandra zou je op dit moment nooit ontzeggen wat je vroeg,' zei hij tegen haar verbaasde en verwarde uitdrukking. 'Je wordt verwend door juist de mensen die van je houden en dat, kleintje, heeft je tot een egoïstisch, egocentrisch nest gemaakt,' schudde hij zijn hoofd.

'Ik deed gewoon niet... ik bedoel...' slikte ze terwijl ze haar tranen in bedwang hield. 'Het spijt me heel erg, Sir Gregory. Je hebt gelijk. Ik gedroeg me vreselijk tegen de mensen die om me geven.' Ze vond het vreselijk dat Cassandra niet het gevoel had gehad dat ze haar rechtstreeks kon vertellen hoe ze zich voelde en dat ze haar niet had gehoord toen ze verschillende keren had gezegd dat ze veel gelukkiger was als ze in deeltijd werkte. De goede dag veranderde van kwaad in erger en nu voelde ze zich alleen maar schuldig.

Gregory zei niets meer; hij boog zich voorover en tilde haar op en plaatste haar op zijn schoot. Susan verzette zich niet; Ze liet haar hoofd over zijn benen hangen en accepteerde de pak slaag die ze ging krijgen. Gregory nam de tijd om de zachte huid van de perfect ronde, opstaande kont te waarderen die zich aandiende toen hij haar rok optilde. Zijn hand daalde met een zware slag neer, en het geluid van zijn handpalm die tegen het vlees sloeg galmde muzikaal door de kamer.

Zichzelf verliezend in de plezierige geluiden van zijn hand die haar vlees sloeg en haar antwoordende hijgen, gejammer en hijgende kreten, gaf hij haar een pak slaag totdat ze allebei de tel kwijtraakten, en zijn hard wordende lul niet langer kon worden afgeschrikt door pure wilskracht. Hij streelde het gezwollen rode vlees en voelde de hitte die eruit kwam voordat hij een hand tussen haar benen liet glijden, de nattigheid voelde en naar haar gejammer van behoefte luisterde.

Susan kronkelde, de hitte van de pak slaag was haar binnengedrongen en was al lang voorbij het punt van pijn gegaan naar innerlijke warmte die haar behoefte voedde om op deze manier behandeld te worden. Ze rolde met haar heupen terwijl hij haar hete stekende kont streelde en jankte van genot terwijl zijn hand tussen haar benen doordrong. Ze spreidde gewillig haar dijen onder zijn zachte strelingen en haar ademhaling versnelde weer.

Plotseling voelde hij zelf de straf, tilde hij haar weer op, droeg haar naar een hoek van de kamer en plaatste haar met haar gezicht naar het kruispunt van twee muren. 'Kijk naar de muur, maak geen geluid meer, anders ga ik je kokhalzen. Dit is een kleine straf, en niet het moment om je behoefte te bevredigen.' Hij gromde en liet haar geknield achter terwijl hij terugkeerde naar zijn bureau.

Susan had weer kunnen huilen en hem kunnen smeken haar te gebruiken, zo groot was haar behoefte op dat moment, maar ze maakte geen geluid terwijl ze met haar tranende ogen knipperde. Ze knielde lange tijd terwijl mensen het kantoor in en uit liepen; sommige stemmen kende ze, andere niet. Haar vernedering ging gepaard met het feit dat ze wist dat ze het verdiende om gestraft te worden.

Tegen de tijd dat ze eindelijk voelde dat Gregory's handen haar overeind trokken, waren haar knieën buitengewoon pijnlijk en waren haar dijen bijna gevoelloos van de inspanning om in die houding te blijven in plaats van op haar hielen te blijven zitten. Ze klaagde niet toen hij haar gezicht schoonmaakte en heel voorzichtig naast hem liep terwijl hij haar uit zijn kantoor naar de eetkamer leidde, en een tafel bevolkt door mensen die ze als vrienden beschouwde.

'Het spijt me zo als ik je heb opgehouden,' zei Susan terwijl ze rustig de tafel rondkeek. Andrew en Barry keken haar glimlachend aan en voegden eraan toe dat ze geen haast hadden, de keuken was altijd tot laat open. Mark daarentegen keek verbijsterd naar het verschil tussen de levendige jonge vrouw die hij vanavond op zijn werk had achtergelaten en de ingetogen, rustige jonge vrouw die bij hem aan tafel kwam eten.

Gregory kwam bij hen zitten en twee knappe serveersters brachten hun voorgerechten rechtstreeks uit de keuken. Barry leek naar Susan te kijken terwijl ze de kleine ingepakte pakjes proefde en de verwondering over haar gezicht zag glijden en haar een grijns bezorgde. Ze keek naar hem op en hij knipoogde, waardoor ze zachtjes aan het lachen was en zich de avond herinnerde dat hij haar in de kava-taverne had bezocht.

"Ze zijn geweldig; ik kan niet geloven dat Anna je het recept heeft gegeven," mompelde Susan met een mondvol, nog steeds niet zeker hoe ze Barry moest aanspreken. Hij leek niet zo stijf en formeel als Sir Steven, maar toch beschouwde ze hem niet als een Meester, ook al vroeg ze zich af hoe lang ze kon doorgaan zonder hem bij zijn naam aan te spreken voordat iemand het merkte.

Terwijl de maaltijd vorderde, vertelde Susan enkele van de verhalen die ze had over het bezoeken van afgelegen natuurwonderen en hoopte dat ze enkele van de foto's zou kunnen zien die Sire daar had gemaakt. Gregory en Mark ontdekten dat ze een gemeenschappelijke interesse hadden in de middeleeuwse geschiedenis en bespraken enkele evenementen op de plaatselijke kalender, zoals het Abdijkerkfestival . Barry ging weg om een klein probleempje in de keuken op te lossen en Andrew stak zijn hand uit om Susans hand te pakken.

'Je ziet er moe uit, kleintje,' glimlachte ze naar haar, en zijn genegenheid klonk duidelijk door in zijn stem en aanraking.

'Het was een grote dag; ik heb veel te leren en veel te doen,' beantwoordde ze zijn glimlach, 'en ik moet morgen een grote verontschuldiging maken.' Ze realiseerde zich dat Gregory en Mark waren gestopt met praten en draaide zich naar haar om. 'Veel van dat werk moet ik vanavond doen, vóór mijn vergadering morgen, dus als het voor jullie allemaal hetzelfde is, heren, zou het dan goed zijn als ik nu naar boven ga?'

'Natuurlijk,' zei Andries.

Susan aarzelde: 'Ik eh... ik vroeg me af of iemand me naar de liften kon brengen.' Ze slikte. 'Ik voel me desondanks toch een beetje kwetsbaar als ik alleen door deze plek loop.' Ze raakte de zware gouden ketting om haar nek aan. Sinds ze in het gebouw woonde, had ze de sleutel van de liften in haar bezit, maar ze voelde zich nog steeds ongemakkelijk als ze 's avonds alleen rondliep. Ze was vanavond op weg naar beneden bij de receptie gestopt en gebeld zodat Gregory haar bij de liften zou ontmoeten.

'Ik ga met je mee,' bood Mark aan. 'Mijn nieuwe baas is een vrouw, en ik kan maar beter mijn schoonheidsrust krijgen voordat ze beseft dat het niet zo'n goed idee is om mij in te huren vanwege het knappe uiterlijk van mijn knappe jongen.' Hij knipoogde naar haar en grinnikte.

'Er zijn er nogal wat die rond deze tijd van de nacht komen en gaan,' zei Gregory begrijpend. 'Ik zal je naar je appartement brengen.'

'Kom morgen bij mij ontbijten, kleintje,' kuste Andrew haar voorhoofd terwijl ook hij opstond.

'Tuurlijk, Meester,' glimlachte ze naar hem. Hij was op dit moment een anker in haar wereld, en dat had ze meer nodig dan ze zich had gerealiseerd, en omhelsde hem impulsief, ongewoon. 'Bedankt, voor alles,' barstte ze uit en liep weg met Gregory en Mark. Terwijl ze door de salonbar liepen, strekte Gregory zijn hand uit en sloeg een hand om haar nek, zoals Robert hier vroeger op deze plek deed. Niet in staat zichzelf te helpen kromp ze ineen en huiverde alsof zijn geest daar was geweest, wat Gregory deed schrikken, die bezorgd op haar neerkeek.

Mark stapte uit op de begane grond en nam afscheid van hen, en Gregory en Susan liepen in stilte de extra verdiepingen naar haar appartement op. Terwijl ze met haar naar buiten ging en de deur voor haar opende, zei Gregory zachtjes: 'Er was iets mis toen we weggingen, was het iets dat iemand deed?'

'Het was gewoon... ik bedoel Robert altijd... of hij sloeg altijd zijn hand zo om mijn nek als we in de club waren,' zei ze zachtjes. Wat Gregory betrof was eerlijkheid het enige antwoord op zijn vragen, maar hij wilde niet dat ze dat als een rilling zou laten doorgaan.

'Je zult er wel aan wennen,' knikte hij. "Slaap lekker kleintje, blijf niet te laat op met werken."

'Ja, meneer Gregory,' zei ze geschrokken van zijn antwoord. Misschien hadden hij en Alan gelijk. Misschien was ze verwend geworden. Ze had eerder een soort verontschuldiging verwacht dan de verklaring dat ze eraan zou wennen.

Ze ging naar haar kamer en trck haar kleren uit voordat ze met haar koffertje op bed ging zitten om het gewijzigde zakenvoorstel nog eens door te lezen, voordat ze ging slapen. Met haar geest nog steeds vol van het gevoel van Gregory's handen op haar, stak ze haar hand tussen haar benen.

EINDE

www.ingramcontent.com/pod-product-compliance
Lightning Source LLC
Chambersburg PA
CBHW021124130726
47988CB00003B/1161